JN221530

オンボロ魔王城を
難攻不落の
要塞に改造した結果、
最強チートのハーレムができました
KiNG novels 2
成田ハーレム王
Narita HaremKing
illust: 能都くるみ

臆病な新米魔王
カイラ

忠義の親衛隊長
イライザ
生真面目な勇者
ユリン

「待って！ダメっ！こんなのすぐイっちゃうからぁっ！」
「イ、イライザッ！　この変態を止めないさいよっ！
やっ、あぐっ！」
しかし、本来なら王を守るはずのイライザは反応せず、
俺の腕を胸の谷間に抱きながら、濃厚なキスをしていた。
反対側からは、ユリンが抱きついてきている。
「こんなに乱れさせちゃって……ハチローくん、
ボクより勇者に向いてるかもよ？」
クスクスと面白そうな笑みを浮かべながら、
ユリンも首や耳元にキスしてきた。

オンボロ魔王城を難攻不落の要塞に改造した結果、最強チートのハーレムができました

成田ハーレム王
illust：能都くるみ

KiNG novels

オンボロ魔王城を難攻不落の要塞に改造した結果、最強チートのハーレムができました

contents

プロローグ　包囲の中で

朝、天まで届くほどの激しい砲声で目が覚めた。

「ぐっ……もう砲撃の時間か。ちくしょう、寝るときに耳栓するのを忘れてた」

上半身を起こした俺は、ベッドの横にある大きな窓から外を見た。

一キロ以上先にある城壁から、わずかに煙が上がっているのが見える。

この魔王城を包囲している人類軍が、今日も砲撃を開始したらしい。

籠城を決め込む魔王軍に対して、敵側は様々な方法で揺さぶりをかけている。

この砲撃もその一つで、昼夜問わず砲撃を行うことで、魔王軍兵士や市民たちにストレスを与えようとしているのだ。

けれどそれは、現状ではまったく効果が出ていないと言えるだろう。

「カイラの能力で作った城壁は堅牢で、並の大砲じゃあ、傷一つつかない。奴らの大砲の射程では城壁を超えて街まで砲弾を届かせることはできないしな。砲声だって、住民ひとりひとりにまで耳栓を配ってあるから気にせず眠れる。まったく無駄な、弾薬の浪費だ」

直後にもう一度砲声が鳴ったが、やはり城壁に阻まれて街には届かない。

砲弾の爆発で煙が上がって、城壁にいくらか焦げ跡がついたくらいだろう。

それからも数発の砲声が聞こえたが、それっきり音は鳴り止んだ。

向こうも本気で被害を与えようとは考えていないようで、適当なところで切り上げたようだ。

「ようやく終わったか」

ひとつ溜め息をつくと、俺は隣で寝ていた少女の肩を軽く叩く。

「カイラ、朝だぞ。いい加減起きろ」

「んぐ、うぅ……はふぅ。ハチロー？　おはよう」

眠そうに目元をこすりながら体を起こした彼女はカイラ。

俺の契約者であり、この城の主である魔王だ。

といっても、世間で言われているような巨漢で悪逆非道の悪魔といったイメージとは違う。

彼女は先代が病気で急死したせいで準備不足のまま魔王を継ぐことになったひとり娘だった。

「はぁ、また砲撃していたのね。ご苦労なことだわ。ん～！」

彼女が腕を上げて伸びをすると、体にかけていたシーツが落ちて全身が露《あらわ》になる。

肌は染みひとつない白さで、豊かな金髪を背中のあたりまで伸ばし、一部は頭の左側で結っている。瞳は吸い込まれるような紫色だ。寝起きだからか表情もちょっとのんびりしたものだった。

魔王の血筋の特徴として、頭部から生える二本の角《つの》がある。

角は羊のそれのような模様がありつつも、形としては牛に近くそれほど長大ではない。

まだまだこれは成長途中で、魔王として育ち切ると、もっと太くて立派なものになるらしい。

「やっと目が覚めたか」

「はぅ……ハチローは朝が早いのね」

「ああ、昨日寝るときに耳栓をするのを忘れてな。砲撃の音で起こされた」

「あら、珍しいわね。いつもは慎重なハチローが」

「昨日は、城の防備のことで夜更かししたからな。顔を洗ってくる」

ベッドから立ち上がって備え付けの洗面所に向かうと、水を生み出す魔法のタンクから出てきた冷水で顔を洗う。

「ふぅっ……」

すっきりして頭を上げると、目の前にある鏡に俺の顔が映った。

ごく一般的な、二十歳ほどの青年というところだ。

黒髪黒目で、若干目つきが鋭いことを除けばどこにでもいそうな日本人。

これが俺こと、葛城八郎《かつらぎはちろう》だった。

少し前までごく普通の大学生をやっていたが、今は魔王カイラに異世界へ召喚されて、アドバイザーのようなことをしている。

契約内容は、カイラを滅ぼさんと迫る十万を超える人類軍から彼女を守ること。

俺はその手段として、この魔王城エル・シ・ラーテによる籠城戦を選択した。

籠城開始からすでに数十日が過ぎ、作戦は順調に継続されている。

「しばらくはこのまま籠城を続けるか。援軍もあてにできないし、単純に粘り勝つしかない」

先代の急死で統制の崩壊した魔王軍は連戦連敗し、主な拠点はこの魔王城しか残っていないのだ。

洗面台のわきに置いてあったタオルを手に取ると、顔を拭いて寝室に戻る。

そこではちょうどカイラが、着替えるためか寝間着を脱いでいる途中だった。

「きゃっ!?」

「おっと、すまない。気づかなかった」

すでに何度も体を重ねた仲とはいえ、いきなり裸を見られて驚いたんだろう。

一瞬赤くなった顔が見えたけれど、すぐに後ろを向く。

「もう、こ、こっちを向いても大丈夫よ。わたしも油断してただけだから……」

「そうか？　じゃあそうさせてもらうか」

再びベッドのほうを向くと、カイラは寝間着のシャツ一枚を羽織っただけの状態だ。

さすがに胸元は片手で覆っているものの、足は閉じられているだけで、少し動けば秘部が見えてしまいそう。お蔭で、その体のラインまでよくわかる。

背は十代後半の少女の平均ほどで、大きくも小さくもない。けれど、発育具合はとても良い。

胸は俺の片手で覆いきれないほどだから、十分に巨乳と言っていいサイズだ。

腰回りはしっかりくびれていつつも、とても魅力的な肉付きになっていた。

特に太ももは柔らかそうにむっちりしていて、欲望を掻き立てられる。

見ても大丈夫だと言いつつも、恥ずかしさを隠し切れていない表情も可愛かった。

「……ハチロー、こっちに来てくれる？」

「分かった」

近づいてベッドの縁に腰かけると、カイラも少しこちらに近づいてくる。

すっかり目が覚めたのか、表情もキリッとしていた。

「昨日、ハチローったら疲れてすぐに寝ちゃったのよね」

「ああ、そうだな」

俺とカイラは、時々こうしてベッドを共にしている。

一応は俺のために用意してもらった部屋もあるのだけれど、とある事情があるせいだ。

この世界の魔族たちには、俺の知る生物の枠に収まらないような文字通りの異形から、カイラのように殆ど人間と変わらない者まで、多種多様な種族が存在している。

それらがなぜ、魔族として一括りにされているかというと、それは魔力との親和性が関係してくる。魔力は生物の体内に存在するものと、空気中に存在するものの2通りに分けられている。

主に前者は生体魔力、後者は環境魔力と呼ばれているようだ。

この内、生体魔力は無害だが、環境魔力は濃度が濃いと生命活動に悪影響を及ぼす。

故にもっと古い時代では、生物は環境魔力濃度の濃い場所で生活できなかったのだが、突然変異で適応する個体が現れ始めたようだ。

その子孫というのが、現在の魔族である。

そして、特に強く環境魔力に適応し、自らが住みやすい場所を作るために自分の生体魔力さえも環境魔力に変換できるように進化したのが、カイラも属する魔王一族だ。

魔王一族は環境魔力を作り出す力を使い、魔族にとって暮らしやすい場所を増やしていった。

しかし、それは通常の生物たち、特に同じように自分たちの領域を拡大していた人間にとっては敵対行為だ。

両者は当然のように争いを始め、その敵対関係は規模の大小はあれど現在にまで続いている。

そして歴代魔王の中には、豊かな資源を求めて積極的に人類の領域へ侵略をかける好戦的な魔王もいた。歴史書によれば、この大陸の過半を魔族たちの領域が占めていた時期もあったという。

ここまでの説明を踏まえると、俺にとって一つ問題が発生していることが分かる。

俺が今いるのは、魔族の本拠地である魔王城エル・シ・ラーテ。

当然魔族が生活しやすいように環境魔力の濃度が濃く、ただの人間である俺にとってはこの上なく酷い状態なのだ。

それが、こうして健康なまま生活できているのには理由があった。

魔王であるカイラからの生体魔力を分けてもらうと、濃度の高い環境魔力に耐性が出来るのだ。

彼女の魔力は特別で、その特性として環境魔力に変換しやすいものでありつつ、同時に他者の肉体を環境魔力に適応させることもできた。

ただ、この方法には少し面倒な点もある。

渡してもらった魔力もすぐに消耗してしまうため、定期的に補充してもらう必要があること。

そして、魔力の受け渡しのためにセックスする必要があるということだ。

どうやら人類のものとは違う特殊な魔力を受け渡すには、肉体的に深くつながり合った状態でなければならないらしい。

昨夜はその魔力を補充してもらう予定だったが、俺が疲れて寝てしまったせいで、中止になったのだ。

「ハチローはわたしの魔力が切れたら、だんだん調子が悪くなって、最後には死んじゃうのよ。分かってる？」

「だからカイラには感謝してるよ。まあ、突然召喚されたことについては文句を言いたいが」

「ぐっ……そ、それは悪かったわよ！　それに、ハチローを助けるために、わたしの大事な処女だってあげたじゃない！」

「そうだったな、誠意は十分受け取っていた。ちょっと言い過ぎたよ」

ムスッとした表情の彼女にそう言って、喧嘩にならないうちに切り上げることに。

すると、カイラが俺の肩を掴んでくる。

「まったく、どうして魔王のわたしのほうが誘わなきゃいけないのよ……」

ブツブツと言いつつも、彼女はそのまま俺を抱き寄せてベッドに押し倒した。

「うおっ！」

見た目は俺より年下の女の子だといっても、その肉体は魔族を統べる魔王のものだ。

魔力で身体能力を強化せずとも、細腕一本で大の男を引きずってしまう。

少し恥ずかしげに頬を赤くしながら、こちらを見下ろすカイラと視線を合わせた。

「なるべく早く補充してあげないといけないから、ここでするわよ？」

「分かった、頼む」

俺はカイラから魔力を受け渡して貰わなければ、生きていくことはできない。

当然断ることはないし、美少女に奉仕してもらえる役得も感じていた。

「顔上げて……ん、ちゅっ！」

仰向けになった俺の上に、四つん這いで覆いかぶさってくるカイラ。

そのまま顔を近づけると、キスしてくる。

最初は唇が触れるだけだったものが、徐々に深くなっていく。

やがては舌同士を絡ませて、淫らなディープキスになった。

「はふ、んんっ……ちゅ、ちゅうっ！」

「んぐ、はぅ、キスも上手くなってるな」

「ん……そんなこと、気にしなくていいのよっ！」

そう言いつつも、彼女のほうは今のキスでスイッチが入ったようだ。

声も少し艶っぽくなっている気がした。

彼女はそのまま右手を動かすと、俺のズボン越しに肉棒へ触れてくる。

「んっ、もう硬くなり始めてないかしら？」

「ああ、カイラのキスが気持ちよかったからな」

正直にそう言うと、一瞬だけ目を見開いて動揺する。そして、ちょっと遠慮がちになりながらも聞いてきた。

「そ、そんなに気持ちよかった？」

「ああ、毎日でもしてほしいくらいだ」

「そうなんだ……上手くできたのなら、嬉しいかも……」

俺の答えを聞くと、カイラは小さく笑みを浮かべた。

先代魔王のひとり娘ということで甘やかされて育ったカイラは、少し高慢なところがある。

それでも、先代が急死したことで準備する間もなく魔王を継いでしまい、大きな不安があるようだ。信頼できる相手はまだ少ない。そんな中で魔王城と、その城下町だけでも数万の市民を守らなければならない。

高慢なご令嬢らしく振り切れていれば、ある意味楽だったのだろうけれど。

先代に対する憧れなのか、これは自分がなんとかするべきという責任感を抱いているようだ。

けれども、ちっぽけな責任感だけでは魔族は纏《まと》まらない。

あまり良くはない空気の中で、召喚に成功した俺だけは自分の味方に引き込もうと必死になっていたんだろう。だから、本来なら大切にすべき処女も俺に捧げていた。

そう思うと、もう少し周りを気にせず可愛がってやりたくなる。

「ほら、次はどうしてくれるんだ？」

「どうするって、ズボンから出してもらわなきゃ、何もしようがないじゃない」

「なんだ、カイラがやってくれるんじゃなかったのか」

「なっ!?　なんで魔王のわたしが召使いみたいなことをしなくちゃならないのよっ！　もうっ！」

ああだこうだと言いつつも、けっきょく彼女は俺のズボンに手をかける。

そして、下着ごとズボンをズラすと、中の肉棒を手で持ち上げた。

「う、熱い……やっぱり、どんどん大きくなってるわ」

「やっぱり直に触れられると違うな。カイラの手が気持ちいい」

今までろくにペンさえも持ったことがないのか、まるで人形のようにきれいな手だ。

それが、赤黒く立ち上がった俺のものを掴んでいる。

見た目からだけでも、背徳感をそそられる光景だった。

「なんでこんなに大きくしてるのよ。まだ、手でも口でもしてないのに……」

「……お前、自分の恰好を自覚してるか？」

「えっ？　あっ、うぅ……」

彼女が自分の体を見下ろすと、そこにあるのは薄手のシャツ一枚だけ羽織った肢体。

乳首こそ見えないものの、巨乳の作り出す谷間はよく見えるし、後ろではシャツがめくれてお尻が丸見えになっている。

こんなエロいグラビアみたいな姿を見せつけられて、興奮しないほうがおかしい。

「それも邪魔だな、脱がせてやるよ」

「ちょ、ちょっと……きゃあっ！」

俺は手を動かして、シャツを掴むとめくりあげて脱がしてしまう。

カイラはろくに抵抗せず、俺にされるがままだ。

そして一糸まとわぬ姿になった彼女を、改めて観察する。

「やっぱり体は素晴らしいな。甘やかされて育っただけあって、特盛のパフェみたいにスケベだよ」

顔立ちは可愛らしいのに、体は一流の娼婦にも勝る肉感。

魔族の中には淫魔族もいるようだけれど、あれに勝るとも劣らない。

「ぐぅぅ……あ、あまり見つめるのは止めなさいっ！」

ただじっと魅力的な裸体を楽しんでいると、カイラに怒られてしまう。

「ああ、そういえば昼間にするのは久しぶりだったな」

あまり気にしたことはなかったけれど、いつもセックスするのは夜中だ。

こうして朝日に照らされて、明るい中で視姦されるのはさすがに恥ずかしいか。

「じゃあ、俺がこれ以上変なことをしないうちに、カイラが先に進めてくれるか？」

「言われなくてもそうするわっ！」

彼女はそう言うと、片手で勃起した肉棒を押さえる。

腰を浮かせると、俺の股間の上へ跨るような位置に移動した。

「ごくっ……。朝からこんなに盛ってるなんて……ほんと呆れちゃうわ、まったく……」

強がってそう言いつつも、カイラは俺の上に腰を下ろしてくる。

肉棒に秘部を押しつけ、そのまま咥え込んでいった。

「んんっ！　はぁっ、ふぅ……は、入ってくるっ！」

「うっ……」

彼女の秘部は俺との接触で十分濡れていたようで、肉棒をスムーズに飲み込んでいく。

俺のものは中に入った途端に、肉厚の膣肉に締めつけられて大歓迎されていた。

「こいつはすごい！」

膣内が柔らかく肉棒を包み込んで、時折キュウキュウと締めつけてくる。

その刺激に、肉棒が反射的に震えてしまう。

「あぁ……わたしの中で、ハチローのがびくびくしてるっ……」

肉棒の脈動を感じて興奮したのか、彼女の顔が赤くなった。

それを見て俺は、ほんとにスケベな魔王様になったなぁ、と思う。

最初なんて、セックスするのにもどうやっていいのかオタオタしていたくせに、今では自分で咥え込むほどになっているんだ。

しかも中の具合は極上で、油断するとすぐ射精させられてしまう。

ただ、あまり手放しで褒めるようなことはしない。

下手に口に出すと、気難しい彼女は逆に拗ねてしまいそうだからだ。

「ハチローはそのまま、じっとしてなさいね？　わたしが動くから……あっ……んくっ！」

彼女はそれから、こっちの胸に手を置いて腰を振り始める。

大きな胸をゆさゆさと揺らしながら、一生懸命にセックスしている健気な姿は、万が一にも部下の魔族には見せられないだろう。

一方の俺は、言われたとおりリラックスしたままで、その快楽を楽しんでいった。

「あぐっ、はぁはぁ……んぅっ！」

リズムよく腰を動かし、興奮を高めていくカイラ。

ピストンを続ける度に、体には着実に快感が溜まっていっているようだ。

普段は締まっている顔も、徐々に緩んできている。

「ん、はぁっ……き、気持ちいいのぉ……」

「ほほう、そんなに俺とのセックスがいいか？」

「あうっ、うぅ……うん、気持ちいいのっ！　朝から、こんなにエッチなことしてるのに……あんっ！」

「確かに、もう部下の魔族たちは外で働き始めているのにな」

「やぁ、言わないでっ！　はぐっ、んんっ……ひゃううぅぅっ！」

少し顔を動かして窓の外を見ると、城内で魔王軍の兵士たちが動き始めているのが見える。

これから、城壁で警戒している部隊の兵士と交代しにいくんだろう。

街中でも煙突から煙が上がったり、通りを馬車が行きかったりと、魔王城全体が活発になり始めている。

そんな時間に、彼らの一番先頭に立つべき魔王様は、男の上で腰を振っているわけだ。

「どうした、腰の動きが緩くなってるぞ？」

「だって、ハチローがそんなこと言うから……あうっ！　はぁはぁ、ひんっ！」

どうやら窓の外が気になり始めてしまったらしい。

ただ、この城は城下町より高い位置にあるし、普通にしていれば覗かれることはないだろう。

「そんなに心配なら、カーテンでも閉めるか？」

そう提案してやると、彼女は挑発されたと思ったのか強気な言葉で返してくる。

「だ、大丈夫よ！　こんなことで怖気づいたりなんかしないいんだからっ！」

「そうか、カイラがそのつもりなら頼もしいな」

「見てなさい、今日こそわたしが主導権を……」

カイラは再び俺の胸に手を置くと、気を取り直して腰を動かし始めた。

お尻がリズムよく上下に動き、膣内で肉棒がしごかれる。

「あふっ、はぁはぁっ……んんっ！」

「くっ……これはたまらないな……」

腰の動きは単調だけれど、膣内は打って変わって複雑だ。

意識してはいないだろうけれど、多段的に肉棒を締めつけてくる。

入り口付近は強めの締めつけで、中から肉棒が抜け落ちないように。そして中ほどは柔らかく、こっちの興奮を煽《あお》るような動きだ。

そして、奥は肉棒に突き上げられる度にヒクヒクと震えている。

ピストンひと突きごとにその刺激を存分に味わって、徐々に性感が高まってきていた。

「カイラ、凄く気持ちいいぞっ！」

「はふっ……ふふっ！　わたしが奉仕しているんだから、気持ちよくなってもらわないと困るわ！」

カイラは嬉しそうに笑いながら、更に腰を激しく動かす。

あっ
はっ♡
はっ♡
ずッ♡ずッ♡
ずッ♡

パンパンと肉を打つ乾いた音が部屋に響き始めた。

「凄いな、エロくてたまらないよ」

少し視線を動かせば、腰を振っているカイラが頭から足まで全身眺められる。

人類の仇敵である魔王とはいえ、見た目はただの可憐な少女だ。

それが俺の上で淫らに腰を振っているんだから、興奮しないはずがない。

「はぁ、はぁ、ひうっ……んんっ！　もっと、気持ちよくなりなさいっ！」

「カイラの中、どんどんエロくなってきてるぞ……ぐぅっ！」

先ほどよりも格段に腰の動きはよく、中の肉棒は淫肉でもみくちゃにされてしまっている。

この調子だと、さすがに長くは保たないかもしれない。

ただ、カイラ自身も激しくなった刺激に興奮を抑えきれなくなっているようだ。

呼吸が荒くなっているのはもちろん、はっきりと嬌声が聞こえ始めている。

「ひうっ！　硬いのが奥までくるっ……あぁっ！　ダメッ、これ我慢できないのっ……あああっ！」

「ぐぅぅっ!?」

中のものがいいところに当たったのか、ひときわ大きな嬌声を上げるカイラ。

それと同時に、膣内も強く締めつけられた。

根元から締め上げてくるような刺激に、思わず腰の奥から欲望が噴き出しそうになってしまう。

なんとか堪えたものの、さすがにもう限界だと思い始めた。

「カイラッ」

「はぁ、んぁっ！　もう、我慢できない？　じ、実はわたしもそうなの。すぐイっちゃいそうで……あうっ！」

俺が名前を呼ぶと、彼女が視線を合わせてくる。

もちろん腰は動かしたままで、淫らな音を響かせていた。

「これっ、気持ちよすぎっ！　ひゃう、はぁっ……もうダメッ、イクッ、イクのぉっ！」

腰を振りながら、快楽に濡れた目で俺を見下ろすカイラ。

さっきまでの強がりは完全に消えてしまっている。そんな彼女を見てますます興奮してしまった。

「ああ、俺も出すぞっ！」

「き、きてっ！　全部受け止めるからっ！　わたしの魔力、たくさん受け取ってぇっ!!」

腰を打ちつける速度がいっそう速くなり、ラストスパートに入ったのが分かる。

俺も、彼女を迎えるように腰を浮かせて膣奥を突き上げた。

そして、その刺激がカイラにトドメを刺す。

「ひいいぃっ!?　ダメッ、今動くのはダメなのぉっ！　イクッ、イクッ、イックウウゥウウッ！」

全身を震わせ、大きく声を上げながら絶頂するカイラ。

自然と体が反って、大きな胸がぶるんと揺れる。

俺はその光景を目に焼きつけながら、彼女の膣奥に射精した。

肉棒から白濁液が吹き上がり、絶頂中の膣内を更に刺激する。

「あぎっ、あううううぅっ!!　あ、熱いのっ、中に入ってくるぅぅっ！　イってるのに、またイっちゃうわよおおぉぉぉぉっ!!」

「締めつけが、ますます強まって……ぐっ!!」

膣内射精を受けて体が勝手に反応したのか、肉棒が何度も締めつけられた。

射精中の敏感な亀頭が刺激され、思わず歯を噛み締める。

絶頂しているカイラが自分の肉体を制御できるはずもなく、容赦ない締めつけは続いた。

お蔭でその刺激により残りの精液を絞り出されて、カイラの中が満タンになるほど精を注ぐことになってしまう。

「少しやりすぎたか……く、ふぅっ……」

「あひ、はうっ……ダメ、もう頭の中がトロトロで、何も考えられないの……」

少し経てば絶頂も治まったが、まだ余韻は続いていて彼女は使い物にならない。

自分で体を支えていられず、俺の体の上に倒れ込んでくる。

ただ、そんな中でも俺は、カイラの体から俺の中に魔力が移動してくるのを感じた。

「うっ、血管にお湯でも注ぎ込まれているみたいだ……この感覚、いつになっても慣れないな」

異物感に少し顔をしかめるけれど、これをしないと生きていけないのだから仕方ない。

セックスの余韻でボーっとしていた思考も、お蔭ではっきりしてくる。

一通り体の中に魔力が行き渡ったことを実感すると、俺は体を起こす。

もちろんカイラも抱えて一緒にだ。

「大丈夫か？」

「も、問題ないわ……」

「とてもそうには見えないけどな」

理性が戻ってきたのか強がっているけれど、体には快楽の余韻が残っている。

特に腰のあたりなんかは、今見てもまだ震えていて役に立ちそうにない。

「この後、朝の会議に出ないといけないのよ」

「このままもう少し休んだほうがいい。会議には俺が出る。カイラは少し体調が悪いってことにしておこう」

「……分かったわ」

さすがにこの状態で配下たちの前に出る訳にはいかないと思ったのか、意外と素直に従う。

俺はカイラをベッドに横たわらせると、タオルで汚れをぬぐって着替えを始める。

「さて、カイラ抜きで魔族たちが言うことを聞いてくれるか……まあ、ここしばらくの活躍の成果によるか」

籠城戦を始めてから数十日が経つが、魔王城での暮らしは安定している。

この成功の裏にはカイラの力はもちろん、俺のアドバイスがあったことは周知されているはずだ。

「まあ、魔王がいないと何も決められませんっていうのもよくないしな。幹部たちにも協力してもらわないと」

俺のためにも、カイラのためにも、この魔王城にはより強固になってもらわなければならない。

俺はベッドで横になっているカイラをもう一度見ると、部屋を出て会議室へ向かうのだった。

第一章　召喚された先は魔王城

玄関を開けて部屋に入る。

少し手狭だけれど、よく整理されたワンルーム。

これが俺の、葛城八郎にとっての唯一の心安らげる場所だ。

「ただいま。ふぅ……今日はとくに疲れたな」

大学での講義の後はバイトのシフトが入っていたのだが、夜になって引継ぐはずの同僚が遅刻してしまい帰宅が遅れていた。

時計を見れば、もう深夜と言っていい時間だ。

「はぁ、明日は一コマ目からあるっていうのに」

背負っていたリュックを壁にかけ、上着をハンガーにかける。

ようやくベッドに寝転ぶと、全身の力を抜いて天井を見上げた。

「このまま寝ちまおうかな……いや、シャワーぐらい浴びておかないと」

そう思ってベッドから立ち上がった瞬間、足元で何かが光った。

「おい、なんだ？　これは……魔方陣？」

視線を下に向けると、そこにはアニメでよく見るようなピンク色の魔方陣が輝いていた。

突然のことに動揺した俺がとっさに動けずにいると、次の瞬間魔方陣が強烈な光を発する。

「ぐわっ!?　光が……あれ？」

反射的に顔を手で覆い、閃光から目を守ろうとした。

けれど、次の瞬間にはもう光が治まっていたのだ。むしろ部屋は薄暗くなっている。

「いったい何が……」

状況を確認しようとした俺の耳に、声が聞こえた。

「せ、成功よっ！　イライザ、見てた!?　召喚が成功したのよっ!!」

まず聞こえたのは、年頃の少女らしい甲高い声。

嬉しさと、それに驚きの感情が加わって興奮しているようだ。

「はい、お見事でございますカイラ様。やはり異世界召喚を進言して正解でした」

それに続いたのは、少し落ち着いた大人の女性の声。

言葉遣いからして、先ほどの声の少女の従者のような存在だろうか？

薄暗いのでシルエットくらいしか分からないけれど、両者とも俺の前方十メートルくらいの場所に並んで立っていると思う。

俺はその場から動かず、彼女たちに声をかけてみることにした。

「おい、あんたたちは何者なんだ？」

すると、ふたりがようやく俺のことを思い出したかのようにこっちを向く。

「イライザ、灯りをつけて」

「かしこまりました」

従者らしき女性が一礼すると、壁のほうへ移動して何やら操作する。

すると照明がついて、薄暗かった部屋が一気に明るくなった。

「うおっ……これは……」

まず俺の目に入ってきたのは、明らかにおかしい部屋の様子だ。

大きく切り出された白い石が床に敷き詰められており、壁も天井もすべて石造り。壁には等間隔で太い石の柱が並んでおり、それで天井を支えているのが分かる。

そして、四方の壁には何やら文字のような模様が刻まれていた。

一見して、かなりインパクトのある見た目だけれど、俺が気になったのはそこではない。

「なんだこれは、遺跡か？　いや、建築は専門じゃないけど、こんな造りは見たことがない。壁の模様も珍しい感じだな。ギリシャ風でも、エジプトでもないし……」

大学では古代史を専門に勉強していたので、そういうことには多少の知識がある。

けれど、この部屋の造りと模様は、俺の知るどの建築様式にも当てはまらないようだ。

「なら、金持ちの好事家が作らせた現代アートか？　それにしては雰囲気がありすぎるような……」

年代を感じさせる石壁は、新しいものにはとても見えなかった。俺の興味はふたりの女から、すでにこの部屋のことに完全に移ってしまった。

そんな思考に、少女の声が割り込んでくる。

「ちょっと、わたしの言葉を聞いているのかしら!?」

「おっと、忘れていたよ」

俺はようやく現状を思い出して、前を向く。

そこには、年頃の少女と成熟した女性のふたり組がいた。

少女のほうは何やらご立腹のようで、大きな胸元の下で腕を組んで目つきを鋭くしている。

体格は年相応で、金髪を背中まで伸ばしていた。

服装はまるでハロウィンの仮装かと思うような奇抜なデザインだ。なかなか露出度も高い。

その上、頭には立派な角が二本生えている。

総合的に見て、悪魔っ子と称するのが相応しい感じだろう。

もうひとりの女性のほうは悪魔っ子の斜め後ろで、静かに待機していた。

少女との会話から侍女かと思ったけれど、体の線が浮き出るタイツのような服装に長手袋、そして白い外套を身に着けている。

背中には自身の身長ほどもある槍を背負っているので、侍女というよりも護衛のようだ。

こけおどしでなければ、あれだけの得物を自在に操れるほどの達人ということになる。

もし俺が暴れても、たやすく鎮圧されてしまいそうだ。

「それで、ふたりはどこのどちら様なんだ？」

状況が読めない中で下手《したて》に出ると、舐められかねない。

自分を鼓舞する意味でも、すこし言葉を強めにして話すことにした。

俺から問いかけると、少女のほうが答える。

「それはこっちのセリフだわ！　でもまあ、呼び出した側から名乗るのはマナーよね……。わたしはカイラ。第二十五代魔王よ」

「……ま、魔王？」

あまりにも予想外の言葉に呆然としていると、もうひとりも口を開く。

「私はイライザと申します。カイラ様の臣下で、恐れ多くも魔王親衛隊の隊長を務めさせていただいております」

「魔王に、魔王親衛隊……。はは、マジかよ」

クールで真面目そうな女性——イライザからも同じような言葉が出てきたことで、思わず顔に手を当てて苦笑いしてしまう。とはいえ、ここで思考停止してしまっては意味がない。

なんとか表情を引き締め、ふたりに向きなおった。

「申し訳ない、こっちも自己紹介しよう。俺は葛城八郎。気軽に八郎とでも呼んでくれると嬉しい」

「ハチローね。あまり聞かない名前だわ、やっぱり異世界人ってことで間違いないかしら」

「いえ、カイラ様。一応確認したほうがよろしいかと」

そう言うと、イライザが前に出てくる。

「ハチローさん、つかぬことをお聞きしますが、『エル・シ・ラーテ』、あるいは『勇者ユリン』という言葉に聞き覚えは？」

「いや、ないな」

「そうですか、ありがとうございます。やはり、貴方は異世界人のようですね。カイラ様、差し出がましい真似をして申し訳ございません」

納得したように頷いて後ろに下がるイライザ。

「いえ、いいのよ。それじゃあ、もう少し具体的な話をしましょうか」

頭を下げた彼女にそう言うと、今度はカイラたちが一緒に近づいてくる。

そして、俺の前に来るとカイラは軽く右手を前に突き出した。

「んっ……」

「なに？　……おっ、なんだっ!?」

カイラがそこに軽く力を込めたかと思うと、俺と彼女たちの間の床が淡く光る。

そして、そのまま床の石材が盛り上がって、丸いテーブルと二脚の椅子になった。

「立ち話は疲れるから、座って話しましょう。悪いけど、安全が確認できるまで部屋の外には出せないわ」

「何が起こっているのかはよく分からないが、あまり気は進まないな」

ただでさえ異世界だの魔王だのと、不穏なワードばかり出てきている。

なのに、目の前で魔法のように作り出された椅子に安心して座れるわけがない。

「ハチローは警戒心が強いのね」

一方、カイラは気にすることなく椅子に腰かけた。

イライザは背後で立っているようだ。

親衛隊と名乗っていたし、滅多なことでは主と同じ席にはつかないのか。

「当たり前だろう。少なくとも、きちんと状況を説明してもらうまで気は休められないな」

「分かったわ。なら、初めからゆっくり説明してあげる」

カイラはそう言うと、人差し指でテーブルの中央へタッチする。

すると、指が触れた場所からSF映画などでよく見る、ホロウィンドウのようなものが現れた。

とはいえ俺もサプライズ続きで慣れ始めていたので、表情を変えずに画面を見つめる。

「端的に言えば、ハチローを異世界から召喚したのは力を貸してほしいからよ」

「俺の力を？　言っておくが、取るに足らない学生だぞ」

「それでもよ。貴方が召喚されたということは、助けになる何らかの能力を持っているということ。まあ、幸い一日二日の余裕はあるから、ゆっくり話してあげる」

カイラが再び机をタッチすると、ウィンドウに何かが表示された。

それは古い地図のようで、東西に長い楕円形をした大陸が描かれている。

「これがわたしたちの世界。今の世界は二つの勢力によって分けられているわ。一つは人類、もう一つは魔族」

大陸の地図に赤と青、二色の点が灯る。

青は大陸の西方から領域を広げていき、逆に赤は大陸の東側から勢力を広げていく。

そして、両社は大陸中央でぶつかり合い拮抗した。

「わたしたち魔族は赤色、人類は青色ね。二つの種族は何百年、あるいはもっと長く争いを続けて一進一退の攻防を繰り広げてきたわ。けれど、現状では魔族がとても劣勢なの。残る主な拠点は、今わたしたちのいるこの魔王城エル・シ・ラーテだけよ」

地図上の青い勢力が赤い勢力を次々に飲み込んでいき、最後に魔族は大陸の東端に追い詰められてしまった。

ユーラシア大陸に例えてみれば、極東ロシアくらいの範囲だろうか。

比較できる知識がないので正確な広さは分からないが、大陸全体から見ればかなり狭い。

はっきり言って、滅亡寸前という感じだ。

「これは酷いな、降伏したほうがいいんじゃないか？」

「降伏ですって!?　冗談じゃないわ、そんなことできないわよ！」

「何故だ？　この状況で抵抗を続ける理由があるのか？」

歴史を学んでいる内に戦史にも興味を持った俺は、何十もの戦いの資料を読み込んでいる。

けれど、この状況になってから逆転したような事例は一つもない。

「ええ、もちろんよ！　納得できるよう説明してあげるわ！」

ただ、カイラはまったく降伏する気はないようだ。

それから俺は、一時間以上に渡って魔族のことについて説明を受けた。

魔族という生物の成り立ちから、生体魔力と環境魔力の関係性。

そして、人類と魔族は居住環境を奪い合う関係であり、降伏しても平穏に暮らせる可能性はないことなど。

カイラは今回のために、色々と資料を準備していたのだろう。

まるで、講義でプレゼンをする同期生を見ているような気分になった。

「はぁ、はぁ、はぁ……こ、これで分かってもらえたかしら？」

あまりにも説明に熱中していたからか、彼女は若干息を切らしているようだ。

赤らんだ顔が少し艶めかしく感じてしまい、軽く頭を振って欲望を振り払う。

「ああ、納得した。魔族が生き残って平穏に暮らすには、人類軍を撃退するしかないようだな」

特に人類軍は、個人で環境を塗り替えられる魔王の生存を絶対に許さないだろう。

どこまで逃げても諦めず追い詰めてくるのだから、態勢を整えて迎撃したほうが利口だ。

「……ただ、それに俺が協力しなければならない理由はあるのか？」

「なっ……」

ここまで説明した魔族の窮状を切り捨てるかのような俺の言葉に、カイラが目を丸くする。

「だってそうだろう？　勝手に呼び出されて、命をやり取りする戦争に劣勢な側で参加しなきゃならないなんて。それに、俺は異世界人だけど人間だ。この世界なら、人類軍につくのが普通じゃないか？」

何せ、魔族の領域では人類は生活できないのだ。

このままでは、何かする前に俺が倒れてしまうではないか。

いや、ただ倒れるならいいほうで、死んでしまったら取り返しがつかない。

目の前には、人類に対して害のある高濃度の環境魔力を生み出せる魔王がいるんだ。

現状では彼女たちが俺の生殺与奪の権利を握っているようだけれど、それでもあまり仲良くしたくはない。

「ぐぬっ……こ、このっ……！」

俺の言葉にカイラは歯を噛み締めて悔しそうな表情になっている。

丁寧に現状を説明してくれたのはありがたいが、少し頑張りすぎだったな。

「ほ、報酬は払うわ！　魔王城には歴代魔王の残した金銀財宝がたくさんあるわよ。好きなだけ持っていっていいわ！」

「魅力的だけれど、生死には代えられないな」

「ぐっ、何か望みの報酬はないの!?」

「報酬は要らないから、今すぐ俺を元の世界に返してほしいな」

そう言うと、カイラはわずかに顔を下に向けて黙り込む。

そして十数秒後、何かを決意した表情になって俺を見据えた。

「もう、優しい交渉は終わりよ。ハチロー、貴方はわたしたちに協力しなければ元の世界には帰れないわ」

「……なるほど。俺が協力しないと見るや、脅しに切り替えてきたか」

少なくとも、これから共に戦おうとする相手に対して褒められた方法ではない。

けれど、今の俺にとっては最も効果的な脅しだった。

「カイラ以外に、俺を異世界へ送り返せる者はいないのか？」

「技量的には、もしかしたら人間の魔法使いの中にも同じことが出来る者はいるかもしれないわ。でも、貴方を送り返せるのは召喚したわたしだけよ」

「よくわかった。召喚された時点で、遅かれ早かれカイラたちに協力せざるを得ない状態になっていたわけだな」

例えここから逃げ出しても、周りは高濃度の環境魔力に満たされているのだろう。

人類の領域にたどり着く前に、倒れてしまうに違いない。

「お手上げだ。俺は魔王軍に協力することにする」

「……あれっ!? ず、随分あっさり認めるのね」

俺が素直に降参したからか、カイラは少し驚いた表情をしていた。

「精いっぱいの抵抗はしてみたが、元の世界への帰還方法を握られていると、どうしようもないからな」

現在もっとも手に入れたいのは、カイラだけが握っているという帰還方法だ。

そして、彼女が俺に協力を求めている以上、それに従うしかない。

「たしか、協力が欲しいと言ってたな？ 俺に出来ることなら何でもする。だから、目的を達成したら俺を元の世界に返してくれ」

そう言うと、俺は腕を組んでカイラを見つめた。彼女は俺の態度の変化に驚いていたようだが、自分の当初の目的が叶ったとみると笑みを浮かべる。

「そ、そうね。目的……無事に人類軍を撃退して、魔族の安全が確保できれば元の世界に返してもいいわ」

「よし、目標が明確に決まったな。人類軍の撃退だ」

「……随分簡単に言ってくれるけれど、今はかなり厳しい状況なのよ」

「そうなのか？　詳しい状況は知らないからな」

カイラから受けた説明は、あくまで魔族に関することがメインだった。

人類軍との戦いの、詳しい戦況までは知らされていない。

「では、それについては私から説明させていただきます。カイラ様、失礼いたします」

今度はイライザが一歩前に出てきて、テーブルに手を置く。

すると、ウィンドウに新たな画面が表示された。

どうやら先ほどの地図をより詳細にしたようで、魔王城付近がアップにされている。

「ここが我々のいる魔王城エル・シ・ラーテです。そして、つい先日最後の防衛拠点だったシグムント・ダンジョンが突破されました。ダンジョンマスターの魔族は精鋭二万を集めて徹底抗戦しましたが、人類軍は十万を上回る物量で正面から攻略したようです」

「なんと、十万とは……」

その数の膨大さに思わず目を剥いてしまう。

話を聞いた限り、この世界の文明の程度は近代にまで至っていない。

それなのに、それだけの兵士を賄えるとは驚くべきことだ。

異世界特有の、丈夫に育つ農作物でもあるのだろうか。

「人類軍はそれだけの兵を養える国力を持っているのか？」

「通常なら、いくら人類側の国家が連合を組もうとも、ここまでの数を出兵させることはできません。しかし、今回は勇者ユリンの存在もあっていつになく結託し、魔族を全滅させようと意気込んでいるようです」

「勇者か……どうやら、そいつが旗印になっているらしいな」

困難な行軍でも旗印となる人間がいれば全体がよくまとまり、成し遂げてしまうのが人間だ。

十万もの大軍が纏まってダンジョンを攻略できたのは、その勇者の存在が大きいだろう。

「ダンジョンを突破した人類軍は現在、受けた損害の回復と軍勢の再編成を行っているようです。しかし、それももうすぐ終わって進軍を再開するでしょう。そうなれば、一ヶ月と経たずにこの魔王城へ到着するはずです」

「ちなみに、魔王城の戦力はどのくらいなんだ？」

「残存は総勢二万ほどでしょう。しかし、精鋭を集めたシグムント・ダンジョンよりは戦力的に劣ると思われます。他にも、魔王城の周囲には市街が形成されていて、こちらに十万近い市民たちが暮らしています。いざとなれば、義勇兵を募ることもできますが……」

「選択肢の一つとしてあるのは良いと思う。とはいえ、俺が決められることじゃないな」

あくまで俺はアドバイザーの立場だ。

何かを決めるときには、カイラの許可を貰わなければならないだろう。

ただでさえ人間ということで肩身の狭い思いをするだろうし、出しゃばっても良いことはない。

「それより、一つ重要なことを聞きたいんだが。環境魔力の件はどうするんだ？　何も対策がないと、俺は倒れてしまうんだろう？」

少なくとも、魔王城で暮らす上でこの問題は解決しないといけない。

「我々が今いるこの部屋は、環境魔力が入り込まないよう隔離してあります。なので、ここにいていただければ安全ですが……」

「出来れば遠慮したいな、窓もない牢獄みたいな部屋で過ごすなんて」

いくら協力するとはいっても、この古代遺跡そのままのような環境は辛い。

贅沢したいとは言わないけれど、最低限、普通の部屋で過ごしたいところだ。

それに外が見えないと、ここまでにふたりが言ったことが真実だという保証もない。

帰還の方法を握られている以上は協力するしかないけれど、実際に自分の目で状況を見極めなければ。場合によっては、生き残るために人類軍へ寝返らなければいけないかもしれない。

そんなことを考えていると、目の前でイライザがカイラに耳打ちする。

「カイラ様、彼の要求を……信用を得て……」

小声なのですべては聞き取れないけれど、どうやらイライザは俺のために進言してくれているらしい。

一方のカイラだが、親衛隊長の助言を聞いていく内になぜか顔が赤くなっていった。

「ちょ、ちょっと！　それって、わたしにハチローと……ア、アレをしろってこと!?」

「ハチローさんに魔族の領域で暮らしていただくには、とても有効だと思います」

いたって真面目な口調のイライザに、カイラは納得いかないような表情をしていた。

「……イライザ、本気で言ってるの？」

「はい。私としても大変に心苦しい選択ではありますが、ハチローさんに対してカイラ様の誠意を見せることもできます」

「うっ……それは分かるわよ。いきなり呼び出したのは悪いと思っているけど……」

頭では理解していても、気持ちが追いつかないという状況だろうか。

何やらカイラは今、相当な決断を迫られているらしい。

確かに人間を魔族の領域で暮らせるようにするには、いろいろな問題があるだろう。

けれど、ここは何とか頑張ってほしいところだった。

そのまましばらく話し合っていると、決断を渋るカイラを見かねたイライザが新たに提案する。

「では、まず私がお手本をお見せします。カイラ様もいっしょにいて、どうすればいいのか御覧になってください」

「えっ!?　そ、それってイライザがハチローと……」

予想外の提案だったのか、完全に目を丸くして驚いているカイラ。

そんな彼女に、イライザは予想外の言葉を放った。

「はい。これからここで、ハチローさんには私とセックスをしていただきます」

「はぁっ!?　ちょ、ちょっと待ってくれ！　今なんて言ったんだ？」

その言葉ははっきりと聞こえ、今度は俺が目を丸くして驚く番だった。

思わず椅子から立ち上がってしまった俺に、イライザが振り返る。

「ですから、これからここで、ハチローさんには私とセックスをしていただきます」

彼女は冷静な表情で、先ほどと同じ言葉を繰り返した。


数分後、俺は柔らかいベッドの上に腰を下ろしていた。

殺風景な石室の中に、立派な造りのベッドがポツンとあるのは、なかなかシュールな光景だ。

このベッドも、カイラが突如として呼び出したものだ。こういうのも、召喚魔法というらしい。

こういった不思議な力を目の当たりにすると、この世界は異世界なんだなぁと再確認させられる。

まあ、今はそんなことを考えている場合ではないのだが。

「それで、いったいどうしてこんなことをする必要が？」

問いかけた俺の目の前には、イライザが正座して座っていた。

カイラはベッドの横に移動させた椅子に、落ち着かない様子で腰かけている。

「では、まずそのことからご説明いたします」

彼女はそう言うと、丁寧に俺がイライザとセックスする必要性を説明し始めた。

「そもそも、本当にセックスしていただかなければならないのは、カイラ様と……なのです」

「俺が、カイラと？」

咄嗟に彼女のほうを向くと、カイラは顔を赤くして視線を逸らす。

「はい。魔王一族の魔力は、体内で生体魔力を環境魔力に変換するための特性を保有しています。ですが単にそれだけだと、生体魔力を環境魔力に変換したときに、体内を環境魔力に犯されてしまうんです。そこで魔王一族の魔力には、持ち主に環境魔力に対する特級の耐性を与える機能が備わっています」

「つまり、その魔王だけが持つ耐性を俺が手に入れれば……」

「はい、この魔王城でも自由に動き回ることが出来るでしょう。もっとも、魔力は消耗していくので随時補給が必要ですが。そして、この魔力を受け渡す方法が問題なのです」

「……セックスか」

「その通りです。他人に魔力を受け渡すためには、心身ともに相手と接続している必要があります。これにはセックスが一番効果的だと断言させていただきます」

「なるほど、よく理解したよ。で、イライザがカイラのお手本になるという訳か」

「ハチローさんには無駄な労力を払わせてしまい申し訳ありませんが、ご協力いただければと思います」

そう言うと、イライザは深く頭を下げた。

俺はまだ、カイラはもちろんイライザも信用していない。

こうして上辺《うわべ》だけ丁寧にしていても、行動の動機は全てカイラのためだ。

内心では俺のことをどう思っているか、怪しいものだからな。

それでも、イライザの持つカイラへの忠誠心は信用できると思った。

「分かった。それで、最初はどうするんだ？」

「ありがとうございます。では最初は私の手でご奉仕させてもらってよろしいでしょうか？」

「ああ、分かった」

頷くと、彼女はそのまま滑るように俺の傍《そば》までやってくる。

そして、おもむろにズボンに手をかけた。

「失礼いたします」

彼女はそのままズボンごと下着を下ろすと、肉棒を露《あらわ》にする。

「あっ……うぅ……」

横で見ていたカイラが、俺のものを見て顔を赤らめた。

直視していられないのか、恥ずかしそうに視線を逸らす。

「カイラ様、どこを向いておられるんですか？　しっかり見ていただかないと」

「わ、分かっているわ」

イライザに注意され、しぶしぶ視線をこちらに戻す。

けれど、まだしっかりと見ることは出来ずにチラチラと見てくるだけだった。

「カイラはかなり初心なんだな」

「すみません。なにぶん、先代魔王陛下のひとり娘ということもあって、大切に育てられてきましたので。こういうことには疎いのです」

そう言うイライザは恥ずかしがる様子もなく、さっそく肉棒に手を触れている。

そして、感触を確かめるように何度か触ると両手でゆっくり刺激し始めた。

「イライザは、カイラのことをよく知っているみたいじゃないか」

「親衛隊隊長になる以前は、カイラ様の教育係を仰せつかっていました。性教育のほうもある程度は行ったのですが、やはり実践するとなると経験がないもので……」

「別に責めているわけじゃないんだ。それにしても……くっ！　イ、イライザは上手いな！」

まだ触れてから数分と経っていないのに、股間が熱くなってくる。

彼女の奉仕は繊細で、適切な力加減で肉棒に快感だけを与えてきた。

ある程度硬くなると、今度はしっかり握って上下にしごきはじめる。

「カイラ様に教育する立場でしたので、ある程度勉強はしています。それに、槍を得物にしていますので、棒状のものの扱いには慣れていますよ」

「なるほど……うっ！」

片手で肉棒をしごきながら、もう片手で陰嚢をやわやわと刺激してくる。

先ほどまでのクールな表情のまま、こんなに淫らなテクニックで奉仕してくるので、ギャップもすごい。切りそろえられた前髪から覗く黒い瞳が、まっすぐ俺を見つめてくる。

そんな静かな視線とは反対に、手の動きはどんどん激しくなってくる。両手は休むことなく動き続け、与えられる快感に肉棒の先端からは先走り汁が漏れ出してしまった。

「イ、イライザ……俺ばかり奉仕されているけれど、そっちの準備はどうなんだ？」

俺は高まり続ける興奮から意識を反らして、彼女に話しかける。

「カイラのお手本にするんだから、無理やり突っ込む訳にはいかないだろう」

「その点はご安心ください」

「どういうことだ？」

「ハチローさんの手は煩わせません。……こちらは準備が整ったようですね」

イライザは肉棒が完全に勃起しているのを確認すると手を止めた。

俺としてもこれ以上されたら我慢出来なくなりそうだったので、好都合だ。

そして、彼女は体を起こすと俺に背を向けて四つん這いになる。

「イライザ……？」

「んっ……どうぞ、御覧ください」

彼女はそう言うと、片手を動かして服の股間の部分を開く。すると、すぐに肌色が露になった。

「こ、これはっ……」

俺の目の前には、すでに内部から蜜を漏らしている秘部が晒されていた。

まだ俺は彼女に愛撫どころか、手も触れていない。

だというのに、これほど濡らしているとは……。

「まさか、自在に自分の体を操れるとか？」

彼女には角もなく、見た目は人間とほぼ同じだ。

しかしその肉体は環境魔力に適応した魔族。

普通の人間とは異なる部分があってもおかしくはない。けれど、彼女は首を横に振った。

そして、初めて少しためらいがちになりながらも言葉を続ける。

「いえ、その……はしたないと思われるでしょうが、ハチローさんのものに触れている間に自然と体の準備が整ってしまったんです」

「……なんだって？」

ということは、彼女の体は肉棒に触れるだけで感じる変態だと？

「私は昔から体の感覚が他人より敏感でした。武人としてはとても役に立ったのですが、男性の匂いなどにも敏感になってしまって……。普段はあまり近づかないようにして抑えているのですが、このように間近で牡の匂いを嗅がされてしまっては……」

そう言われて、俺はイライザの顔をよく見てみた。

すると、確かになんとなく赤くなっている気がする。

平静を装っているけれど、体は男の発情を感じてセックスの準備をしてしまっているんだろう。

「なるほど……たしかに少し、はしたないな」

「あっ……んんっ！」

俺はベッドから腰を浮かせると、膝立ちになって彼女の背後につく。

そしておもむろに、両手で引き締まったお尻に触れた。

イライザはその瞬間、ビクッと震えて悩ましい声を漏らす。

「おいおい、これだけでまた感じているのか？　中に入れたら大変そうだな」

「は、はい……自分でも想像がつきません。ですが、カイラ様のためですので」

「すごい忠誠心だな、感心するよ」

カイラが幼いころから教育係を務めて、今では親衛隊隊長だ。

カイラに対する思いはかなり強いのだろう。

この状況を他人から見れば、俺がカイラをだしにイライザを犯そうとしている悪者みたいだな。

「まあ、何はともあれ、据え膳はいただくとしようかな」

あまり気にしても仕方がない。

せっかく美女を抱けるチャンスなんだから、楽しませてもらうとしよう。

「イライザ、このまま入れさせてもらうぞ」

「は、はい。どうぞ……んっ、くぅっ！」

俺は肉棒を秘部に押し当てると、そのまま遠慮なく挿入し始めた。

「うおっ!?　中がトロトロだ……」

肉棒が膣内に埋まっていくにつれ、内部の様子も分かってきた。

予想以上に濡れていて、挿入するだけで愛液まみれにされてしまう。

「これは凄いな……」

さっきの手コキもかなり気持ちよかったけれど、これはそれ以上だ。

ゆっくり入れているだけでも膣内がやんわりと締めつけてきて、とても気持ちいい。

「んんっ……く、ふぅぅ……ッ！」

入れられているほうのイライザは、両手でシーツを握りしめながら漏れそうになる声を抑えているようだ。どうやら彼女のほうも、我慢しなければ声が出てしまうほど感じているらしい。

「これだけ濡れてるんだ、イライザも気持ちいいに決まっているよな」

「うぐっ……」

「カイラの手本なんだから、素直になったほうがいいんじゃないか?」

「ッ!? カ、カイラ様……」

入ってくる肉棒に集中して、一瞬、主人のことを忘れていたんだろう。

慌てた様子で顔を上げ、主のほうを見る。

肝心のカイラは、目の前で起こっていることを呆然とした様子で眺めていた。

「こ、これが……セックス……なの?」

「はぅ、んんっ! はい、そうです。こうしてふたりで体を深くまで……あうっ!?」

話の途中で、俺が肉棒を最奥まで挿入した。

子宮口に先端が触れた途端、敏感な彼女の体がビクッと震えてしまう。

「イ、イライザ!? 大丈夫なの?」

普段クールな側近が、目の前で嬌声を上げていることに混乱しているようだ。

そんな彼女を落ち着かせようと、イライザは出来るだけ平静に声をかける。

「はぁ、はぁ……大丈夫ですカイラ様。私の体は他人より少し敏感なので、感じすぎてしまうだけです」

俺から見ると、ふたりが仲睦まじい姉妹にも見える。

この後でカイラともセックスすると考えると、背徳感でまた興奮してしまうな。

「ん、くぅっ!? 中で、大きくっ……！」

「イライザ、そろそろ我慢できない。動かすぞ」

「は、はい。どうぞ、好きに動いてください」

言質を取った俺は、両手でしっかり腰を掴みピストンを始めた。

肉棒の挿入と共にだんだんと締めつけが強まっていき、程よい具合になった膣内。

その中を隅から隅まで犯しつくしていくように、大胆に腰を動かす。

「あっ、くぅっ！ は、激しいっ……んんっ、ひゃふぅっ！」

「くっ、最高だ！ 中の具合も、このひきしまった尻も！」

膣内の締めつけを楽しみながら、ピストンが安定してきたところで両手を滑らせる。

イライザの尻はみっちりと肉が詰まっていて、両手で揉むととてもボリュームがあって興奮する。

「くぁっ、ひぅ……あっ！ だめです、一緒にされたらっ……はひっ、くううぅぅぅぅっ！」

「すごい締めつけだな……そろそろイキそうになってるんじゃないのか？」

「あぐっ、はぁはぁ……」

両手で尻を鷲掴みにすると同時に、勢いよく何度も膣奥を突き上げる。

今のはかなり効いたらしく、イライザは俺の問いかけにも答えられないらしい。

「ちょ、ちょっと！ 大丈夫なの？」

そんな彼女を心配に思ったのか、カイラが言葉で割り込んでくる。

「大丈夫だろう。セックスで死ぬなんて聞いたこともないからな」

「うぅ……分かったわ。イライザ、無理しないでね」

「カイラ様ぁ……」

主に心配されて嬉しいのか、はたまた情けないのか。

イライザは表情を歪めて嬌声を漏らしている。

その一方で膣内は活発に動き、俺の肉棒から精液を搾り取ろうとしていた。

「はぁ、ぐぅっ！　そろそろ、こっちも我慢できなくなってくるぞ！」

元の世界では出合うことすらなかったような極上の女体を味わって、興奮が限界に達しようとしている。腰の奥から熱いものがせり上がってきて、今にもあふれ出しそうだ。

「ひいっ、はぐっ、ふうぅぅっ！　わ、私も……もう、これ以上はっ！」

カイラの前で醜態を晒さないようにと頑張っていた彼女も、さすがに興奮を抑えきれないらしい。

肉棒を奥まで突き入れるたび、だらしなく口を開きながら腰を震わせている。

「あんっ、ひううっ……ハ、ハチローさん、このまま出してくださいっ！」

「このままって、いいのか？」

「はいっ、んぐっ……カイラ様に、参考にしていただかないといけませんから」

「分かった。じゃあ、このまま中に出すぞ！」

カイラのためとはいえ、躊躇せず中出しを要求してくるイライザに驚く。

けれど、こんな美女の中で欲望をぶちまけられると知って俺はいよいよ興奮が最高潮に達した。

ピストンはこれまでと比べてより大きく激しくなり、息も荒くなる。

んぉ゛ッ♡
ぐッ♡
ぉ゛ッ♡

「ああっ、ひううぅぅぅぅっ！　奥がズンズン突かれるのっ、凄いですっ！　もうイキますっ、イクッ、ひゃあああぁぁああっ!!」

次の瞬間、イライザが絶頂して膣内が思いっきり締めつけられた。

「ぐぅっ!?　このっ、出すぞっ！　全部受け取れっ!!」

その刺激で最後のストッパーが外れ、肉棒から精液が噴き上がる。

「あぐぅぅっ!?　あぁっ、ひぃっ！　こんなに、中にたくさん……あぅ……」

彼女の中はいまだに蠢いていて、肉棒から精を搾り取ろうとしてきた。

俺は腰を動かしながらも最後まで精液を注ぎ込んで、その場でベッドに腰を下ろす。

射精をすべて受け止めるたイライザも、同時にガクッと崩れ落ちた。

「あふぅ、はぁはぁ……申し訳ありません、力が抜けてしまって……」

「いや、大丈夫だ。こっちこそ腰が抜けるかと思ったよ」

体を横たえてしまったものの、まだ会話を続けられるだけの体力は残っているようだ。

この状態でも、もし俺が蛮行を働こうものなら抵抗できるだろう。

さすがに親衛隊の隊長だけあって、こんなときでも油断しないな。

俺は呼吸を整えながらも、ベッドの横でずっとイライザを見守っていたカイラに声をかける。

「カイラ」

「あうっ!?　な、何かしら？」

俺に呼びかけられるとは思っていなかったのか、驚いた様子でこちらを向く。

「俺と彼女のセックスを見たわけだけど、どうだ？」

「……そうね、やり方はよく分かったわ。ただ、わたしはイライザほど敏感じゃないから……その、色々と準備をしなきゃいけないだろうけれど……」

やはり自分で口にするのは恥ずかしいのか、顔を赤くするカイラ。

それでも、イライザの状況を自分に当てはめて分析したのは偉いじゃないか。

「なるほど、しっかり見つめていたみたいじゃないか」

「うっ……そ、そういう言い方はやめないさい！　わたしが変態みたいでしょう！」

俺の言い方が気に入らなかったのか、彼女は拳を握って抗議してくる。

「ああ、今のは俺が悪かった。でも、次は俺ともセックスするんだろう？　あまり気にしても仕方ないじゃないか」

「それは……そうだけれど……」

「……まさか、今さら嫌だとか言わないでくれよ」

ここで拒否されてしまったら、俺も平静でいられる自信はない。

イライザとのひと時は、予想以上に素晴らしいものだった。

けれど、この対価に牢屋のような石室で暮らせと言われたら、それは無理だ。

カイラは一瞬目を泳がせたものの、数秒後にはしっかり俺を見つめ返してきた。

「大丈夫よ、そんなこと言わないわ！　イライザだって、わたしのためにここまでやってくれたんだから……」

「随分信頼しているんだな」

「当然じゃない。子供のころから近くにいて、お父様のいない今は一番信頼できる相手だもの。娘として魔王を継がなくちゃいけないのに、力不足なわたしを懸命に支えてくれているのよ」

そう言うカイラの目には、使命感のようなものが宿っているように見えた。

ただの偉そうなお嬢様かと思っていたけど、それなりに責任を感じていたりするんだなと意外に思う。

「ちゃんと魔力を受け渡してくれるのは嬉しいよ」

「感謝して受け取りなさいよね。それに、わたし……まだ処女なんだから」

「あ、ああ。分かった」

その可能性は考えていたけれど、カイラは処女だったたか。

面と向かって言われると、見ず知らずの俺が彼女の初めてを貰うのは少し悪い気もしてくる。

けれど、人類軍はあと一ヶ月も経たずに攻め込んでくるというではないか。

悠長にしている余裕はない。

残念だけれど、必要経費だと思って諦めてもらおう。

「このまま、ここでするのね？」

「ああ、イライザが落ち着くまで待ってもいいけれど」

俺がそう言うと、ベッドの上でもぞもぞと彼女が動く。

「んくっ、はぁ、ふぅぅ……私はもう大丈夫です、起きていられますので」

イライザは呼吸を整えると、倒れていた体を起こしてこっちに向く。

まだ多少顔は赤いけれど、目には理性が宿っている。

手足の動きもしっかりしていて、それを見たカイラは安心したようにため息を吐いた。

「ふぅ、よかったわ。でも、これで問題はないわね」

「ああ、そうだな。まずはそっちの準備から始めるか」

「え、ええ、そうね……」

いざ始まるとなると、さすがにカイラも恥ずかしいのだろう。

ベッドに上がってくると、顔も少し赤くなっていた。

「それで、わたしはどうしたらいいの？」

「カイラ様、こちらへどうぞ。寄り掛かってください」

「わ、分かったわ」

イライザが自分のほうに彼女を呼び寄せ、抱きかかえるように支える。

そして、俺はもはや邪魔になっている服を脱ぎつつ、その正面から近づいていった。

「あ、うぅ……ハチロー……」

「出来るだけ優しくするよ」

俺が迫ってくる様子を目にしてか、少し弱々しい表情になるカイラ。

さっきまでの高慢な態度とは真逆の姿に思わず嗜虐心が湧きそうになり、慌てて抑える。

自分に凌辱趣味がなかったのは、幸いだったかもしれない。

下手な真似をしたら、彼女の背後にいるイライザに殺されてしまうだろう。

「脱がすぞ」

一言そう言うと、カイラの服に手をかけた。

ただ、服といっても日本人の俺か見れば仮装用の衣装のようなものだ。

外套にソックス、手袋。作りはとても良いけれど、楽に脱がせることが出来てしまう。

特に上半身をはだけさせたときは、二つのたっぷりとしたボリュームの乳房が零れ落ちた。

「あうっ……や、見ないでっ……」

「悪いけど、それは無理だな。これは想像以上に素晴らしいぞ」

さすがにサイズはイライザに劣るけれど、美しさでは負けていない。

新雪のように一点の染みもない肌に、ポツンとピンク色の乳首が目立っている。

その乳首も、俺とイライザのセックスを見て興奮したのか硬くなっていた。

ただ、彼女はとっさに胸元を自分の腕で隠してしまう。

「は、恥ずかしいっ……！」

「カイラ様、胸を張ってください。ハチローさんも素晴らしいと言っているではありませんか。恥ずかしがることなどありませんよ」

「そう言っても、うう……分かったわよ。でも、笑ったら殺すわ」

イライザの励ましで、躊躇いながらも肌を露にするカイラ。

それに加えて、思い切ったのか自ら秘部を隠す下着にも手をかけた。

「さすがに、ここまで脱がされるのは我慢ならないもの……んっ」

黒い上品な下着を脱ぎ捨て、彼女は生まれたままの姿になる。

そして両膝をくっつけて両手も足に置き、視線に力を込めて俺のほうを見つめてきた。

「これでいいでしょう？」

「最後は思い切りがよかったな。いつまでもぐずっていられるよりは余程いい」

「全魔族を率いる魔王が、これくらいで怖気づいていたらやっていけないわ！」

「なるほど、道理だな」

俺は頷きながらももう少し彼女に近づいて、まず右腕で肩を掴む。

そして、ぐっとカイラに顔を近づけた。

「あっ……」

「入れるだけならローションとか使えばいいんだろうけど、さすがにそれで処女を貰うのは悪い気がするな」

「わたしは別に……んっ！　ちょっと、どこ触って……ひゃうっ！」

彼女のほうに近づきながら、左手は下に向かわせていた。

いきなり秘部には触れず、太もものあたりから上へ登っていくように撫でる。

「こ、これ、なんだかぞわぞわするわっ！」

「ここにも神経が通っているんだ。緊張すると、それが敏感になってくる」

今まで感じたことのない刺激に、困惑の表情を浮かべるカイラ。

そんな彼女に説明をしながら、俺は徐々に手を股間へ近づけていく。

「あう、はぁっ……やだ、なにこれぇ……あふぅっ！」

「だんだんよくなってきてるんじゃないか？　元々興奮していたみたいだからな」

「そ、そんなこと……」

カイラはとっさに視線を逸らしたけれど、体の反応は隠せない。

動かしていた左手がついに秘部まで到達すると、確かに湿っている感覚がした。

「あうっ！　ま、待ちなさい！　今はっ……」

「やっぱり濡れてるじゃないか。ほら、これを見てみろ」

「うぐっ……」

手を上げて、指先に付着した愛液を見せつけてやる。

すると、彼女は何も言い返せずただ顔を赤くした。

その顔を見ていると、いたずら心を刺激されてもっと弄ってやりたくなる。

けれど、彼女の背後にいるイライザがそれに感づいたのか睨んできた。

「ハチローさん。カイラ様は初めてなので、もう少し手加減していただけますか？」

「あ、ああ……分かってるよ」

その視線を向けられた途端、明確に背筋が寒くなった。

これ以上遊ぶのはよくないなと確信して、手を元に戻すと優しく刺激し始める。

「あっ！　ん、くぅっ……また、指がっ……ひうっ！」

刺激を始めた途端、カイラは我慢できなくなったように声を漏らし始めた。

「ふふ、いい感じじゃないか」

中からあふれてくる愛液の量も多くなってきている。

そろそろ頃合いだろう。

「カイラ、もう中に入れるぞ」

「えっ？　うっ、そうよね……」

覚悟を決めたのか、一つ頷くと体の力を抜く。

「イライザ、もうひとりで大丈夫だから」

「そうですか？　不安に思ったら、いつでも呼んでくださいね。近くで待機していますので」

彼女に言われて、少し心配な表情をしつつもイライザが離れる。

ひとりになったカイラは、そのままベッドへ仰向けに横になる。

そして、少し躊躇しながらも足を動かして秘部を露にして見せた。

「ほ、ほらっ！　わたしの準備はいいから、きなさいよっ！」

「カイラがそう言うなら、遠慮せずやらせてもらうぞ」

俺はそのまま彼女に近づき、肉棒を秘部に押し当てる。

「あうっ!?　こ、これ……いつの間にこんなに大きく……？」

「カイラがエロい姿を見せてくれたからな」

先ほどイライザ相手に頑張って、一時は力を失っていた。

けれど、カイラが乱れる姿を目の前で見て、また欲望が滾ってきたのだ。

ガチガチに反ったそれを大事なところに押し当てられて、彼女の呼吸が荒くなる。

「ううっ、こんなものが中に……裂けちゃいそうじゃない」

「大丈夫だ、ちゃんと入るように出来ているんだよ。それに、前戯だってしたしな」

こうして話している間にも、タラタラとお尻のほうに透明な汁がこぼれている。

牡の象徴を見せつけられて、発情した体が本能的にそれを欲しているみたいだ。

「じゃあカイラ、入れるぞ」

「わ、分かったわ。でも、ゆっくりお願いね」

「ああ、重々承知しているよ」

横にいるイライザが怖いからな、とは口に出さず腰を動かしていく。

太ももに手を置き、ぐっと左右に開かせた。

カイラは恥ずかしかったのか少し表情を歪めたものの、抵抗はしない。

そのまま、完全に無防備となった秘部へ肉棒を挿入していく。

「んっ、くるっ！」

「そう力むな。あまり緊張しすぎるのはよくないんだが……キツいな」

やはりというか、処女だけあって中はかなり狭い。

それに加えて変に力んでしまっているので、なかなか挿入できなかった。

そんなとき、静かに見守っていたイライザが手を伸ばす。

そして、シーツを掴んでいたカイラの手を覆うように握った。

「カイラ様」

「イ、イライザ？」

「私が横についていますので、安心なさってください」

「……う、うん」

その言葉と行動に安心したのか、若干力が抜ける。

俺はそれを見逃さずに、腰を前に進めていった。強がりながらも内心かなりビビっているであろうカイラに配慮して、ゆっくりナメクジが這うような速度で。

「あうっ、ぐぅ……な、中にっ……！」

肉棒が前に進み、狭い膣肉をかき分けて進む。

「はぁ、はぁ……ぐっ！　広げられて、ズキズキするっ……」

カイラは違和感に眉をひそめているが、まだ余裕がありそうだ。

そして、ついに先端が処女膜を突き破った。

「うぎゅううううぅっ！　だめっ、それだめっ！　うううっ!!」

さすがにこれは刺激が強かったのか、またカイラの体が強張ってしまった。

「カイラ様っ!?　大丈夫ですか？」

「うぅ……イライザ、これ予想以上に苦しいわ！」

そう言いつつも、彼女は逃げることなく俺を受け止めている。

俺はその場で少し彼女の呼吸が落ち着くのを待ってから、また腰を動かしていく。

「んんっ……！」

「大丈夫だ、もう一番キツいところは通り過ぎた。後は奥まで行くだけ……」

「お、お腹の中がどんどん膨れていく感覚だわ」

まだ少し痛みがあるのか、時折表情が険しくなるカイラ。

ただ膣内は事前の準備のおかげか徐々に馴染んできている。

そして、ついに肉棒を最奥まで到達させた。

「あっ！　一番奥まで、きてるわ……」

「分かるか？」

「う、うん。押し上げられるような感覚があるから」

カイラはそう言いながら、若干戸惑うようにしつつ下腹部に手を当てる。

「この状態では、まだ魔力の受け渡しはできないのか」

「ちょっと待って………そうね、まだ無理みたい」

少し目を瞑り、何か探るように手で下腹部をさする。しかし、数秒後には首を横に振った。

「肉体的にも、精神的にもつながりを深くしないといけないんだったな」

「わたしにとっては、ハチローはもう十分特別な相手になっているんだけど。何せ、処女を奪われた相手だもの」

そう言われて結合部を見ると、わずかに赤いものが垂れてきているのが見えた。

それによって、改めて俺が目の前の少女の初めてを奪ったのだと確認する。

俺が望んだことに必要だとはいえ、じっさいに目にすると少し悪い気もした。

とはいえ、今はそれを考えてる場合ではないので頭の端に置いておく。

「やっぱり最後までしないとだめみたい。イライザみたいに、するのよね……ふぅ。ハチロー、もう動いて大丈夫よ」

「そうか、じゃあ動くぞ。キツくなってきたら遠慮なく言ってくれ」

俺はベッドに手を突くと、ゆっくり腰を動かし始めた。

多少は慣れてきたとはいえ、まだまだ狭い膣内でピストンするには力がいる。

無理やりにやって痛くしないよう、注意しながらカイラを犯していった。

「あふ、んっ！　なんだが変な感覚だわ。お腹の中がかき回されているみたい……んはぁっ！」

「少し声が出てきたな。気分はどうだ？」

「ん、ええ、悪くはないかも。違和感も引いてきているわ」

ようやく刺激に慣れてきたのかもしれない。俺は少しずつピストンを大胆にしていく。

「じゃあ、このままどんどん動かしていくぞ」

「いいけれど……ほんとに優しくしなさいよ？　慣れてきたからって乱暴にしたら、ただじゃおかないんだから！」

「最善は尽くすよ。でも、万が一失敗してもいきなり魔法をぶっ放したりしないでくれよな」

すでにテーブルを作り出したり、このベッドを呼び出したり、じっさいに目の前で魔法を見ていろう。

る。もしアニメのように派手な攻撃魔法まで使えるなら、俺なんか一瞬で消し炭になってしまうだ
はぁ、ふぅ……」

「うぁっ、はうっ！　ひゃぁ、うくぅっ……。お腹突かれるの、なんだか体が熱くなってくるっ……

「ああ、中の具合もよくなってきてるな」

肉棒による刺激にも慣れてきたのか、膣内もこわばりが取れてきた。

カイラの声にも、甘いものが混じってきているように感じる。

「もう感じてきてるのか？」

「な、中がグリグリって広げられて、最初は変だったのにどんどん熱くなってくるの……」

「カイラ様、その感覚に身を任せてみてください。きっと気持ちよくなれますよ」

「うん……。あう、ひんっ！　はぁはぁ、ふぅぅ……」

アドバイスされて頷き、大きく息を吐いてリラックスする。

すると、膣内もそれに合わせるように動き始めた。

「うおっ!?　これは……カイラの中が動き始めてるな」

今までは受け身だったものが、俺に合わせて蠢いている。

さすがに、まだイライザのように巧みな締めつけという訳にはいかない。

けれど、彼女がセックスで快感を得始めているのは確かだ。つい先ほどまで処女だった少女が俺の下で喘いでいる光景に、思わず興奮が抑えきれないほど大きくなる。

「カイラ、もう少し激しくいくぞ」

「えっ？　ちょ、ちょっと待ちなさっ……あうぅぅっ！」

両手で腰をガッシリ掴み、肉棒を奥まで突き込む。

一番奥の子宮口まで刺激された彼女は、ビクッと全身を震わせて声を漏らした。

痛みを感じていないと分かると、俺は遠慮なく腰を動かしていく。

「いっ、あうっ！　こんなに激しくっ……あひっ、ひゃうんっ！」

変化はすぐに訪れた。

遠慮してピストンしていたときより、カイラの声が明らかに艶っぽくなったのだ。

「カイラ、感じてきてるな？」

「うっ、うるさいわねっ！　余計なことは言わなくていいのっ！　黙って腰を動かしてれば……いひゅぅっ!?」

彼女は反射的に、顔を赤くしながらこっちを睨んでくる。

けれど、俺が少し変化をつけながら膣内を刺激すると、驚いたように嬌声を上げた。

「ひっ、あうっ……なんなのよっ!?　中で動いてるだけなのに、こんなに気持ちよくなるなんて!!　わたし、こんなの知らないわっ!!」

「これがセックスというものですよカイラ様。初めてでここまで気持ちよくなれるのは、おふたりの相性がよいこともあるでしょう。だから、カイラ様のほうからも求めれば、もっと気持ちよくなれます」

「こ、これ以上……？　そんなの、絶対だめになっちゃうわ！」

「確かに、今のカイラ様には少し早いかもしれませんね。でも、このままでも十分気持ちよくなれますよ。下手に抵抗しようとせず、気持ちよかったら受け入れてしまうんです」

「そうなの？　この気持ちいいの、このまま感じていいのね。んっ、はうっ……お腹の奥から、どんどん熱くて気持ちいいのが上がってくるっ！」

イライザのアドバイスに素直に従って、徐々に興奮を高めていくカイラ。

俺とふたりきりでは、初体験でこうはいかなかっただろう。

改めてイライザへの信頼がすごいなと感心してしまった。

「はぁ、んはぁっ！　これっ、気持ちいいっ！　セックス気持ちいいのっ！」

「ああ、俺もだ。もう、これからは遠慮できそうにないっ！」

そうだ、カイラとのセックスはこの一度で終わりではない。

魔力の補充が必要なので、そのときはまた交わることになる。まだセックスをしている最中だというのに、これからの期待に背筋がゾクゾクと震えそうになった。

「ぐっ……もうだめだ、イクぞっ！」

「あうっ、イっちゃうの？　わたしの中にっ、イライザみたいにっ……ひゃ、んっ、ひゃうぅっ！」

「ああ、溢れるくらい注いでやる！　だから、カイラも一緒にイけっ!!」

カイラはもう完全に快楽を受け入れているのか、見事に蕩けたような表情を晒していた。

ピストンのたびに美巨乳を揺らしながら、あんあんと嬌声を漏らす。

膣内の震えも大きくなって、カイラだってイキそうになっているのは間違いなかった。

「さあ、イライザだってイってたんだ。恥ずかしがることはないぞ？」

「あうっ、わたしたあんなに上手くできないっ……ひんっ！　でもっ、気持ちいいのも止められないのっ！　イクッ、もうイっちゃうっ！」

直後、彼女の足が俺の腰を挟むように動く。

快感のせいかあまり力は入っていないものの、初めてカイラのほうからそれらしい動きをされて興奮が一気に限界まで至る。

「ハチローも一緒にきてっ！　イクとき、ふたりでっ……！　もうだめっ、イクッ！　イックウウゥウウゥゥゥゥッ!!」

「ぐっ、おぉおおっ!!」

最後に思い切り腰を前に突き出して、子宮口に押しつけながら射精する。

それに合わせて、カイラの全身が強く震えた。

「あああぁぁあぁっ!!　ひぃぃっ！　イクッ！　イってるううぅぅぅぅっ!!」

角砂糖が熱いコーヒーに溶けていくように、腰の感覚がなくなってしまいそうなほど気持ちいい快感。今まさに子宮に遺伝子を注ぎ込んでいるような気がして、何も考えられなくなってしまう。

「ぐっ……カイラッ！」

「だめぇ、もう出さないで！　入らないわよぉっ!!　お腹、熱いのでパンパンになっちゃったんだからっ！」

「そう言われても、全部吐き出すまで止まれないぞ。うぉ……」

絶頂中の膣内は、本能が精液を求めるように肉棒へ縋りついてくる。

先にイライザともセックスしたというのに、射精は普段の数割増しになってしまっていた。

「あうっ！　はうっ、ひぃ、ひぃぃ……もう無理、ううぅ……」

「カイラ、悪いけどこれで終わりじゃないんだ。魔力を貰わないと」

「……そ、そうだったわね。んぅ……確かに、今なら大丈夫な気がするわ」

彼女は緩慢な手つきで下腹部に手を当ててると、じっと目をつむる。

すると、何やら下半身から温かい力が流れ込んでくるのを感じた。

「おっ、おぉ？　これが魔力か？」

「ええ、そうよ。わたしの、魔王の特別製魔力なんだから。感謝しなさいよね」

「そうだな、ありがとう。感謝するよ」

少し疲れた様子で見上げてくるカイラに、俺は笑みを浮かべて答えた。

確かに、いきなり異世界に連れてこられて戦争に加担しろだなんてひどい状況だと思う。

けれど、初対面の俺にここまで自分を捧げるほど必死になっているのは事実だ。

俺はカイラに興味を持って、彼女の行く末を見届けたいと思うのだった。

◆　◆

そうして、俺が異世界に召喚されてから数日が経った。

懸念していた環境魔力の件は、カイラに譲ってもらった魔力のおかげで問題ないようだ。いたって健康なまま魔王城での生活を送れている。そして、この数日で俺は城や城下町、それに周囲の地形などの状況を自分の目で見つつ確認していた。

そして夜。カイラとイライザを呼んで、いよいよ人類軍を迎え撃つ作戦を立てることになる。

「ハチロー、ここ数日あちこち見て回っていたみたいだけれど、どんな感想を聞かせてもらえるのかしら？」

ここは魔王城の最上階になる、カイラの私室だ。

召喚された日の話し合いと同じように、テーブルを挟んでカイラと向き合っている。

「まずはこの土地についてだ。倉庫から地図を貰ってきたから、広げるぞ」

テーブルに広げた大きな用紙には、魔王城とその周囲の地形が記されていた。

「この城は広い平野に建てられていて、周りに天然の要害となるようなものがあまりないな」

「そうね。元々は険しい地形に囲まれた難攻不落の要塞だったみたいだけれど、人類との前線が西に移ってからご先祖様が整地してしまったのよ」

「そのころには、このエル・シ・ラーテは要塞より魔族領の首都としての役割を求められていましたからね」

カイラの言葉にイライザが補足を加える。

彼女たちの言うとおり、城というのは求められる役割によって建てられる場所が変わる。

敵の軍勢を防ぐ要塞としてなら、自然の要害に囲まれた場所へ。

領土の中心であり権力の象徴としてなら、見晴らしと交通の便がいい平野に。

「しかし地形を変えるだなんて、魔王はそんな魔法まで使えるのか。凄いな」

「この土地は代々の魔王が生み出した環境魔力が影響しているから、特別な魔法を使わずとも地形を動かすことが出来るのよ」

「ふむ、よいことを聞いたな」

そうなると、問題が一つ予想以上に簡単に解決できるかもしれない。

「俺が気になっていたのは、この城の防衛設備の頼りなさだ。長い間首都として使われていたからか、頼りないし造りも古い。それに、城下町の周りにはもっと頼りない木製の柵しかないんだぞ。これじゃあ十万もの敵を迎え撃てない！」

「城で迎え撃つということは、ハチローはこの魔王城に籠城するべきだって言うの？」

「ああ、正直それしか選択がないだろう」

人類軍の兵力は十万で、それに対する魔王軍は二万ほど。義勇兵を募っても三万ほどだろう。

数の上では圧倒的に負けている。

けれど、視察の後に色々と分析すると、魔王軍が優勢な点が二つほどあることが分かった。

一つ目は、魔族の兵士は基本的に人間よりひとり当たりの戦力が優れていること。

オークは、相撲の横綱より体格のいい生粋の戦士だ。

格闘戦になれば、相手が戦闘訓練を積んだ騎士でも確実に倒せるという。

他にもオーガ、トロール、リッチ、ウェアウルフ、ケンタウロス、ドライアド、リザードマンなど、それぞれ特技を持った魔族兵たちが連なっている。

ゴブリンは例外的にひとり当たりの戦力が低いが、集団になると戦意が異様に高くなるので使う場所次第か。

そして、もう一つ。

俺が一番注目したいのはワイバーンやガーゴイルといった飛行能力を有する者たちだ。

中でもワイバーンは人間サイズならふたり、ゴブリンサイズなら五人ほど背中に乗せて長距離を飛行することが出来るらしい。

人類軍はまだ飛行戦力を有していないようなので、これは大きなアドバンテージだ。

そしてもう一つの利点は、魔族個々人の戦意が高いこと。

魔族にとってはこの魔王城が最後の砦なので、必死に守り抜く決意があるようだ。

中には状況を悲観する魔族もいたようだが、そう言った者たちはすでに魔王城から逃げ出しているらしい。

ここに魔王のカリスマが加われば士気は確固たるものになりそうだが、そう上手くいかないようだ。どうやらカイラはこれまでひとり娘ということで甘やかされ、魔王に就任するまで散々、わがままで好き勝手やっていたらしい。

それを魔族たちも知っていて、彼女が魔王として尊敬できる対象か怪しんでいるようだ。

魔族の中でも有力な幹部たちの中にも、カイラの能力を疑っているものが少なくない。

せっかく個人の戦意が高いのに、組織としてまとまっていなければ最悪だ。

ここは早急に改善する必要があるだろう。

そして、そういった戦力的な優位に加えての、カイラ自身の能力だ。

魔王は長年この土地に沁み込んだ魔力によって、魔王城周囲の土地を簡単に活用できるとか。

これは利用しない手がない。

俺は今日のために考えをまとめた紙を何枚も取り出し、それを先ほどの地図の上に広げる。

「これを見てくれ」

「これは……魔王城を改築するの？」

カイラがすぐさま反応する。

用意した紙は、魔王城と城下町の見取り図に手を加えたものだった。

「そうだ、籠城戦をするためにも、まずは城の防備を整えたい」

「魔王城本体にはそれほど手を加えないのね。けど、街を覆うように長大な城壁を作るようになってる……それに、城壁の外にも何かいろいろ仕掛けが広がっているみたい」

「城の周囲に広がる街までも囲むこの形態は、総構《そうがま》えというんだ。資料を見たけれど、魔族の領土ではあまり見られない形だな」

「ええ、魔族の防備は要所に城やダンジョンを作ってそこに戦力を集中させるから、街や村ごと城壁の内側に囲い込むようなことはしないわね。建築技術は人類のほうが優れているし」

「けど、この魔王城の周囲に限っては例外だ。カイラの能力を使えば、瞬く間に城壁を作り出せるんじゃないか？」

俺はそう問いかけたけれど、彼女は少し難しい表情をする。

「確かに土地を活用することはできるけれど、城壁だなんて……。そんなに細かい操作、歴代魔王の誰もやったことがないわ！　せいぜいが土地を平らに慣らすくらいよ」

「しかし、やってもらわなければならない。籠城する上で城壁は必須だ」

「そんなこと言われても……」

「カイラがやってくれないと、魔王城はともかく街の魔族たちを守るすべがない」

「ぐっ……」

街で暮らす市民たちのことを上げると、彼女は迷うようなそぶりを見せた。

やはり、魔王として魔族を守らなければという責任感を抱いているんだろう。

もう一押ししてみようと言葉を続ける。

「細かい調整は手先の器用な魔族たちに手伝ってもらえばいい。カイラがやる気を見せれば、魔族たちも率先して手伝ってくれるはずだ」

「……そうかしら？　皆の間でわたしがどう言われているか、ハチローは知ってる？」

「それは……」

カイラの返しに、俺は思わず言い淀んでしまった。

現状、魔族の間でカイラの評判は芳《かんば》しくない。

彼女本人も、それをかなり気にしてしまっているようだった。

「気持ちは分かるが、やってもらわなければ困る。カイラは何のために俺を呼び出したんだ？　他に対案があるならまだしも、気分で拒否するくらいなら、今すぐ俺を元の世界に返してくれ」

「うっ……わ、分かったわよ！　やるだけやってみればいいんでしょう!?」

俺もここは譲れない。あえて強気に要求すると、意外にも彼女はあっさり折れた。

「ありがとう。助かる」

「いいのよ。でも、本当に協力してくれるのかしら……」

「やってみれば分かるさ。さっそくこの図面をもとに改築を始めてみてくれ。ああ、その前に市民へ通告もしないといけないな」

「ハチローさん、それは親衛隊のほうで行います。同時に幹部たちの議会への通達も」

「そうしてくれると助かるが……幹部たちから反発などはないかな？」

少し心配していたことを問いかけると、イライザは首を横に振る。

「彼らも、ここで人類軍と最終決戦するしかないということは理解しています。中には勇猛に野戦で決着をつけたがる幹部もいるでしょうが、大多数の幹部は籠城を支持するでしょう」

「それは良かった。安心したよ」

この中ではいちばん魔族軍の内情に詳しいイライザの言葉に、胸を撫でおろす。

「ただ、籠城のアイデアがハチローさんのものだということは、伏せたほうがよいかもしれません。カイラ様がアイデアを出し、ハチローさんがそれにアドバイスを加えたという形に。ハチローさんの存在はすでに周知されていますが、魔族には人間というだけで敵意を持つ者が少なくないので」

「それはそっちの自由にしてもらっていい。俺は役目をはたして帰れればいいんだから、こっちの世界での功績や名誉は望んでいない」

「では、そのように」

その後、イライザが幹部たちとの調整に向かってくれた。

数時間後には市民への通達もすまされ、カイラが城壁の構築を始めることに。

まずは、人類軍が攻めてくるだろう西側から行うことになった。

三人で街から少し離れた場所に立ち、俺とイライザでカイラを見守る。

「じゃあ、始めるわね」

彼女はそう言うと、その場に跪《ひざまず》いて両手を地面にあてた。

魔法を使わずとも土地を操作できると言っていたが、さすがにこれほどの規模となると集中力が必要らしい。

目の前には俺の描いた図面があって、それを見つめながらイメージを固めている。

そして……。

「ふぅ……魔王の命令よ、城を守る城壁となりなさい！」

彼女がそう言った瞬間、地面が徐々に震え始めた。

「くっ、結構揺れるんだな……けど、動いてるぞ！」

見れば、カイラの前方で土が塀のように盛り上がり始めている。

まだ一メートルほどだけれど、その規模が尋常ではない。

彼女から左右に一キロメートル以上。街を覆えるほどの城壁が形成されているのだ。

「な、なんだぁ!? 地震か!?」

「違う、魔王様が城壁を作ってるんだ、見てみろ！」

「ほんとに街を覆えるくらいの壁を作る気なのか？ まさに魔王だけが成しえる所業だ……」

街の西門あたりには見物に来た魔族が大勢いて、城壁が形成されていく光景に驚いている。

彼らが飛び出さないよう警戒している魔族軍の兵士も、同様に驚愕しているようだ。

「ぐぬぬぬ……っ!!」

けれど、カイラはそんな視線を気にする余裕もなく集中している。

すると、徐々にただの土壁だった城壁に変化が現れる。

表面の土がパラパラと落ちると、内側から石材の壁が姿を現したのだ。

「あれは……」

「カイラ様が地中深くから城壁になり得る石材を移動させているようです」

「そんなことまで出来るのか！」

しかも、見る限りある程度成形されて積み重なっているように見える。

魔王の力というのは思った以上に凄いようだ。

それから三十分ほどの時間が経ち、城壁の高さが七メートルほどまでに成長したところでカイラがギブアップした。

これは大体二階建ての住宅くらいの高さで、城壁内部の街もほとんどが隠れる。

「ううっ、もう無理だわ！　体力の限界よ……」

俺たちは、ぐったりとその場に座り込んでしまったカイラに駆け寄った。

「カイラ、凄いぞ！　これほどの城壁を一度に作れるなんて、予想以上だ！」

「な、なんだかテンション高いわね。でも、ハチローの図面には高さ十五メートルの城壁って書いてあるわよ？」

「ああ、だから休憩して明日も作業してもらえれば、八日で四方の壁を作れる。これは驚愕するレベルだぞ。細かい部分の調節には時間がかかるだろうけれど、それでも一ヶ月以内に工事は終わらせられる！」

元の世界の技術をもってしても、これほど短期間に城壁を作り上げることはできないだろう。

俺は、脳内で彼女の能力を数段ほど上方修正することにした。

「わたしの力はハチローの想像以上だったたってこと？　……ま、まあ歴代魔王の魔力が沁み込んだ土地だもの、当然よね！」

カイラも俺の言葉を聞いて、少し自分に自信を抱いたようだ。

「さすがに今日はもう無理だけど、明日からもっと魔王の力を見せつけてあげるわ！」

彼女は相変わらず疲れた様子だったけれど、その目にはやる気が満ちているように見える。

こうして、俺たちの籠城準備は本格的に始動するのだった。

カイラによる城壁工事が始まってから十日ほどが経つ。すでに街の四方を覆う城壁は形が出来上がっていた。しかも、高さは当初の予定より高い二十メートル。

気合の入ったカイラが、より立派な城壁にしようと頑張った結果だ。

魔族の中でも土木工事の技能があるコボルト族に手伝ってもらい、今も調整を続けている。

人類軍の主力が布陣するだろう西門の防備は、特に分厚くする予定だった。

攻城兵器が近づけないように堀を作り、更にその外側に罠を仕掛けた塹壕を作る。

塹壕を攻略し、たとえ門を破っても内側には迷路のように入り組んだ通路が待ち構えている構造だ。このあたりの設備は、ダンジョン構築に手馴れている魔族の力を借りている。

「ふぅ、疲れたわ……。これで今日の分は終わりね」

ちょうどお昼ごろ、コボルトの要請で城壁の形を変化させていたカイラが戻ってくる。

俺たちが今いるのは、城門の上に設置された櫓《やぐら》の中だ。戦時にはここが最前線の指揮所になる。

一見すると大砲などに対して無防備に見えるが、何重もの魔法障壁で防御されていて安全だ。

「お疲れ様だ。今日も順調だな」

「そうね。西門はまだ少し時間がかかりそうだけれど、残りの三方は完成間近だもの」

東と南北の城壁にも堀と城門を整備しているけれど、西側よりは簡易的だ。

その分工事の進み具合も早く、八割がた完成していると言っていい。

現状で人類軍に攻められても、城壁として十分な役目を果たせるだろう。

「こっちも完成を急がないとな。人類軍がいつ攻めてくるかわからない」

偵察隊の情報では、敵の本隊は先日占領したダンジョンを出発したという。数が多いために進軍速度は速くないが、着実に迫っている。

いよいよ敵軍が出撃したということで、魔王城内の緊張も高まっていた。

「ふふっ、何万の軍勢で攻めて来ようとも、わたしの作った城壁がすべて跳ね返すわ！」

カイラは胸を張ると、そう言って得意そうな表情になる。

城壁が日に日に立派になっていくにつれ、それを見た彼女も自信が湧き出てきたようだ。

魔族たちの中にも、立派な城壁を作り上げたカイラを称賛する声が増えている。

わがままお嬢様だと思われていた彼女も、少しずつ見直されつつあるようだ。

「さあ、今日はもう城に戻って休むわよ！　明日は朝から幹部たちと会議の予定が入ってるわ」

「そうだな、会議でもしっかり籠城の準備を進めてもらうようお願いしないと」

現在の魔王軍は、城壁が完成間近ということもあって籠城が主流派になっている。

けれど、まだ人類軍との決戦をあきらめない勢力がいるのも事実だ。

そういった者たちを説得しつつ、食料の運び込みや城下町の整備なども進めなければならない。

そんなことを考えているとき、櫓の中に慌てた様子でイライザが入ってきた。

「カイラ様、一大事です！」

「ちょっと、そんなに慌ててどうしたの？」

「それが、偵察隊から人類軍の部隊を発見したと連絡がありました。あと一時間でここへ到達すると見込まれています！」

「……えっ？　はぁぁっ!?　なんで人類軍がっ！」

まったく予想外の言葉に、目を丸くて驚きの声を上げるカイラ。

俺も声こそ上げなかったものの、思わず手に持っていたペンを取り落としてしまった。

「……イライザ、それは本当に人類軍なのか？　数は？」

俺は混乱する思考をどうにか落ち着けると、ペンを持ち直して問いかける。

「ええ、全て人間でしたので間違いありません。数は三千で、完全に武装しています」

「ただの偵察にしては多いな……威力偵察か？　いや、偵察を兼ねた先遣部隊かもしれないな」

威力偵察とは、少数の部隊で敵に攻撃をしかけ、敵の反応により兵士の数や装備、さらには練度などを図るものだ。以前とは違いエル・シ・ラーテは城下町まで城壁で囲われている。

それを見れば、普通なら単独部隊で攻めようとはしないだろうが、この西門はまだ建設中のせいで防御が薄い。

敵に目端が効いて血気盛んな指揮官がいれば、チャンスと見て攻撃をしかけてくるかもしれない。

「カイラ、すぐに迎撃の準備を」

「わ、分かってるわ！　でも、今の西門の状況でどうやって……」

そう言われて、俺は櫓の窓から下を見る。

堀は完成しているが、掛かっている橋は仮設で巻き上げることはできない。

門の扉も片側しか取り付けておらず、素通りされてしまう。

ただ、幸運にも内側の迷路のような入り組んだ通路は完成していた。

「よし、敵を内側に引き込んで戦おう」

「なっ!? しょ、正気なの？ 人類軍を、自分から城内に誘い込むなんて……。三千が相手なら、野戦も出来るわ！」

確かにカイラの言うとおり、野戦も不可能ではない。

けれど、俺には必勝の策があった。

「少しカイラに協力してもらうが、こっちの被害をゼロにする作戦がある」

「……それ、本当なの？」

にわかには信じがたいのか、カイラが疑わしい視線を向けてくる。

「任せてくれ。それに、戦果を挙げればカイラにも箔がつく。どうだ、戦果は欲しいだろう？」

「うっ……分かったわよ！」

カイラはそう言うと席を立ち、イライザを伴って櫓から出ていく。

それを見送った俺は、ひとり西門の図面を広げた。

「さて、上手く敵を誘い込まないといけないな」

上手く城内に誘い込み、迷路の仕掛けで一網打尽にする。

そのためには、十分に味方が連携する必要がある。

このまま城壁の近くで、カイラの補佐をしなければならないだろう。

「魔王城でカイラの隣に座りながら、のんびりしていられれば良かったんだけどな」

まあ、ぐちぐちと言っても仕方がない。

俺は西門の見取り図にいくつか印をつけると、カイラの後を追った。

それから一時間後、イライザの言葉どおり城壁から敵の姿が見えてきた。

「あれが人類軍ね……」

カイラは櫓の屋上に上がり、目を凝らして遠くをうかがっている。

「ここからでも、あれが見えるのか？」

「ふん、魔王の力を甘く見ないでちょうだい！　視力の強化くらい朝飯前よ」

「ふぅん。一応聞いておくけれど、ここから人類軍を殲滅できる魔法とかは使えたりしないのか？」

歴代魔王の中には、万の兵を一瞬で焼き払う魔法を使った者もいるらしいが……。

「えっ!?　い、いや……わたしはそういうのは苦手というか……。それに、今日は十分働いちゃったから疲れてるのよ！　それにこの後、何度かまた地形を動かすんでしょ？」

「まあ、それもそうだな。無理を言って悪かった」

使えないなら使えないで仕方ない。先代が亡くなるまでは好き勝手やっていたようだし、あまり多くの魔法は勉強していないんだろう。

彼女は俺の言葉に少し安心したように息を吐きながら、背後に控える親衛隊隊長に声をかけた。

今回は頭上から敵に攻撃をしかけるので、弓を装備したゴブリン部隊を配置している。一塊《ひとかたまり》にならないと戦意にかける彼らだが、今は小隊ごとに親衛隊員が監督しているので大丈夫だろう。

「イライザ、準備のほうは？」

「完了しています。作業要員はすべて撤退し、城壁と内壁に配置しました。しかし、本当に地上には兵を置かなくてよろしいのでしょうか？」

彼女はきちんと仕事をしつつも、無防備な城門の姿を見て少し不安らしい。

「下手に兵士を置くと犠牲がでてしまう。相手を罠にハメれば、こちらが一方的に攻撃できるんだ」

「理屈では分かっていますが……親衛隊隊長としては、門を丸裸にするのは落ち着きませんね」

「もし何かあっても、イライザが傍にいればカイラは安全だろう？」

「はい、それは保証いたします。失礼しました。ハチローさんにはまだ話していませんでしたが、私は今事情があって全力では戦えません。しかし、あの程度の兵士たちなら十人が束になってかかってきても問題ないでしょう」

彼女はそう言うと、背負っていた槍を手に持ち石突《いしづき》を床に置く。

万が一、敵がカイラのいる場所まで到達しても、イライザが瞬く間に突き倒してしまうだろう。

「ついでに俺も守ってくれると嬉しいな。さて、そろそろ来るぞ」

前方を見ると、敵の軍勢が迫っていた。

部隊はほぼ歩兵のようだが、数十の騎馬兵も見える。後方との連絡要員だろうか。

「相手はそのまま前進してくるわね」

俺たちは相手から見えないよう身を隠しつつ、城壁に開けられた狭間から様子をうかがった。

「他の兵にも気配を消すよう言ってあるから、敵にはもぬけの殻に見えるだろう。警戒心が強ければ、怪しく思って引き返すかもしれないが……」

「敵が減速する気配無し。こっちが逃げ出したとでも思ったのかしら？」

「だろうな」

ただ、さすがに連絡用の騎馬部隊は、城壁から離れた場所に待機させているようだ。

歩兵部隊のみで攻め入ってくる。彼らが城門を通るとき、下からいくつもの声が聞こえた。

「ははっ、見てみろ！　人っ子ひとりいないぞ！」

「こんな城壁が出来てるなんて話は聞いてなかったが、もぬけの殻とはな！」

「くくくっ、この前のダンジョン戦じゃ稼げなかったからな。野郎ども、一気に市街地まで突破しろ！　略奪だぁ！」

「「「おおおおおっ!!」」」

人類軍の兵士たちは、雄たけびを上げながら突入してくる。

「随分野蛮な兵士たちね」

「もしかしたら、正規軍ではなく傭兵なのかもしれない」

装備こそ整っているものの、とても規律ある兵士の集団とは思えなかった。

「けど、これは幸運だぞ。連中は市街地に進むことに夢中になっている。行き止まりに誘導しやすい」

「そうね。イライザ、始めてちょうだい」

「了解しました。これよりわが軍は敵を内側に誘い込む！　攻撃開始！」

親衛隊隊長イライザの声と共に、隠れていたゴブリンたちが一斉に立ち上がった。

小柄な彼らは木箱の上に乗り、城壁の狭間から、下を通過している人類軍に矢を浴びせかける。

「な、なんだっ!?」

「くそっ、敵だ！　上から矢が降ってくる！」

「魔族は逃げ出したんじゃなかったのかよ!?　どうするんだ！」

突然の攻撃に動揺する人類軍。

そこへ、指揮官らしき人間が走ってきて声を上げた。

「ええい、落ち着け！　矢の勢いはそこまで強くない、一気に市街地まで駆け抜けろ！」

その言葉で傭兵たちは勢いづき、進撃を再開する。

「ハチロー、敵の立て直しが想定より早くないかしら？」

様子を見ていたカイラが、不安そうに視線を向けてくる。

「大丈夫だ。それより、カイラはここで仕掛けを頼むぞ」

「分かってるわよ。でも、そう上手く引っかかるかしら？」

「問題ない。敵は必ずここへ……城門へ引き返してくる」

城門付近は、先ほど最後の兵士が通過して少し静かになっている。

そこで、カイラに城門から入ってすぐの地面に、ある仕掛けを施してもらうのだった。

それからしばらく経ったころ、通路の奥のほうから人類軍が這《ほ》う這《ほ》うの体《てい》で逃げ帰ってきた。

「だ、だめだっ！　どこに行っても行き止まりで、全然市街地にたどり着けない！」

「こっちもだ！　奥に行くほど矢の勢いは強くなるし、これ以上進めない！」

「まだ敵と戦っていないのに、半分以上脱落してる。もう撤退するしかないぞ！」

この東門から市街地までつながる通路は、簡単に言えばトーナメント表のように道が分岐している。実際はもっと複雑だけれど、いくつもの分かれ道の先に十数ヶ所の行き止まりがあるのだ。

侵入した人類軍は道が分かれるたびに分散してしまい、行き止まりで猛烈に矢を射かけられて数を減らす。当たりの分岐の先にももう一つ城門があり、これはすでに完成していて破城槌でもなければ攻略できない。

結果、準備不足の人類軍は攻略をあきらめて戻ってこざるを得ないわけだ。

「くそっ、息をひそめて待ち伏せていやがったか！　早く撤退して、このことを本体に伝えねば！」

侵入時に声を上げていた指揮官らしい男は、なんとか無事だったようだ。

周りの護衛の数も減り、何本か鎧に矢が刺さってはいるが、走ってこちらに向かってくる。

「もう少しで門だ！　外に出れば助かるぞ！」

指揮官の言葉に生き残りの人類軍も再度奮起し、盾を掲げて矢に耐えながら撤退してくる。

しかし、門まであと少しというところで不意に足を止めた。

目の前に不審な人間、つまり俺が現れたからだ。

「な、なんだ貴様は？　人間がどうしてこんなところにいる？」

あまりに場違いな俺の登場に、人類軍も困惑しているようだ。

「皆さん、ご苦労様です。今日は良い試験になりましたよ」

「試験……何を言っている？」

俺の言葉が理解できず、警戒心を強めているようだ。

弓矢での攻撃を一時的に止めさせているのもあって、急いで城門を突破しようという気配もない。

後から逃げてきた傭兵も合流し始め、この城門前に数百人の人類軍が集まっている。

「何をって、もちろんこの魔王城エル・シ・ラーテの試験です。まだ未完成ですが、その鉄壁さの片鱗《へんりん》は味わってもらえたでしょう？」

そう言うと、敵指揮官の顔色が変わった。

「き、貴様も魔族か！　魔族の中には人間と見た目がまったく変わらぬ者もいるとは聞いたが……」

「いや、俺はれっきとした人間ですよ？」

「ええい、嘘をつくな！　全軍突撃！　やつを討ち取って撤退する！」

「「うおおおおおっ！」」

指揮官の号令で、人類軍が一丸となって城門へ突撃してくる。

どうやら、これ以上の足止めは無理らしい。

すでに、先頭を走っている指揮官は俺に三十メートルの位置まで迫っている。

「もう少し敵を貯めておきたかったが、仕方ない。カイラ！　やってくれ！」

「任せなさい！」

直後、俺の前方一メートルほどの位置から、地面が広範囲にわたって崩れた。

「な、なんだっ⁉」

「地面が！　ぐわあああっ‼」

足場を失った人類軍は、なすすべもなく穴の中へ落ちていく。

穴の大きさは百メートル以上にもなり、集まっていた数百人の人類軍を残さず飲み込む。

中には落ちた衝撃で骨を折って死ぬ者もいたが、指揮官は幸か不幸か軽傷ですんだようだ。

「く、くそっ！　いつの間にこんな落とし穴を!?」

「これが魔王の力さ。短時間でここまでの城壁を作り上げたのも彼女のおかげ。まったく、おれは幸運だったよ。こんな優れた力を持っている者に召喚されたんだから」

「お、おのれ……人類の裏切り者め……！」

「悪いけど、俺はこの世界の人間じゃないからな。愛着も責任感も湧かないんだ。じゃあな」

そう言って俺が片手を上げると、中断していた矢が再び降りかかる。

落とし穴の底で体勢を崩した人類軍は、今度は上手く矢を防御することが出来ず、次々とハチの巣になっていく。

数分もすると、穴の底は物言わぬ躯《むくろ》であふれていた。

その様子を、俺は落とし穴の縁から複雑な表情で見下ろしている。

「これで俺も人類の敵か……」

「ん……何か言った？」

いつの間に城壁から降りてきたのか、隣にはカイラの姿があった。

「いや、なんでもない」

「ならいいけど……それにしても、人類軍がこんなに簡単に倒せるものだなんて思わなかったわ。これで少しは安心できるわね」

ホッとしたような笑みを浮かべるカイラを見ると、少し罪悪感も薄れた。

「そうだな。上手く落とし穴を作ってくれたカイラのおかげだ」

「そ、そうかしら？　まあ、これくらいお茶の子さいさいよ！」

先遣部隊とはいえ、実際に人類軍を全滅させたことで少しは自信になったのだろうか。

カイラはいつになくリラックスした表情でいる。

「遺体を片付けて、穴も埋め戻して……色々やらないといけないけど、今日はもう任せていいか？　さすがに少し疲れてしまってな」

「そう？　まあいいわ、ハチローは十分働いてくれたし。後はわたしに任せなさい！」

「ああ、よろしく頼むよ」

俺はもう一度穴の中に視線を向けると、城門へ向かうのだった。

◆　◆

その日の夜、俺は魔王城に与えられた自室にいた。

それほど広くない部屋だけれど、ベッドは上等なものなのでぐっすり眠れるのはよい。

そのベッドの上で横になりながら、今日のことを思い返していた。

人類軍の指揮官にはああ言ったけれど、同じ人間を殺戮したことにはやはり罪悪感を覚えてしまう。とはいえ、それがここでの俺の役割なのだから割り切るしかない。

「俺が元の世界に帰るには、カイラを守りきらなきゃいけない。人類軍だって自分の都合で魔族を攻めてるんだから、やられるのも自業自得だよな」

精神衛生上そう考えたほうがいいと思い、自分を納得させる。

しばらくすると少し気分がよくなってきたので、食事にでも行こうかと体を起こした。

そのとき、部屋の扉がノックされる。

「どうぞ」

返事を返すと、扉が開いてイライザが中に入ってくる。

その手には、お茶の入ったカップとサンドイッチを乗せたトレーを持っていた。

「ハチローさん、調子はいかがでしょう？　城に帰ってからずっと部屋に籠りきりだと伺いましたので」

「ああ、もう大丈夫だ」

まだ少し疲労感はあるけれど、気分は問題ない。

「休ませてもらったおかげで体調も回復した。城壁の仕上げもしないといけないからな」

「そうですか、良かったです。ですが、食事もとられていないというではありませんか。軽食をお持ちしましたので、いかがですか？」

「じゃあ、少し貰うことにするよ」

ベッドの横のテーブルにトレーが置かれ、そこからサンドイッチを一つ取って口に運ぶ。

それを見たイライザは、近くの椅子に腰かけた。

そして、普段のように静かに話し始める。

「カイラ様が心配されていました。異世界人とはいえ、同じ人間と戦ってしまったハチローさんのことを」

「へえ、そんなに心配されているとは思っていなかったな。せいぜい知恵袋程度にしか思ってないかと考えてたけど」

「そんなことはありません。カイラ様は自分たちの生死に関わるとはいえ、無関係の他人を召喚してしまったことに罪悪感を抱いています。以前はわがままで困ってしまうお嬢様でしたが、先代が亡くなられて魔王となったことで、良くも悪くも責任感が強くなったのです」

「なるほど。確かに、そこは理解できる」

カイラはよく、魔王としての役目を意識しているからな。

それでも、俺がそれほど心配されていたとは予想外だが。

「カイラ様はハチローさんの働きに感謝しているのですよ。それに、事情はともあれ初めてを捧げた殿方ですから」

彼女はそう言うと、珍しく嬉しそうな表情になる。

「……イライザとしては、主人の純潔を奪った俺が憎くないのか？」

「とんでもありません。しがらみなく接することが出来るハチローさんの存在は、カイラ様にとって貴重です」

「あまり、そういう風なことは意識したことがないんだけどな」

「それが一番ありがたいんです。ハチローさんには、今までどおりカイラ様と接していただけるよう、お願いいたします」

「それは問題ないけど、俺の目的は元の世界へ帰ることだ」

とはいえ、実際に魔王城の城壁の建設を行って、少しは魔族に愛着も湧いてきている。

設計を考えているだけならまだしも、実際にそれが作り上がっていくのを見ると、どうしても男のロマンを刺激されてしまうんだ。

「ハチローさんの目的については、重々承知しています」

彼女はそう言って、俺がサンドイッチを食べ終わったのを見計らい立ち上がる。

そして、外套を脱ぐとベッドに腰かけてきた。

「何を……？」

「本日は、一つお願いをしにまいりました」

彼女はそのままベッドに上がり、すぐ近くまでやってくる。

「カイラ様はハチローさんのことを頼りにしているようですが……。魔力の補給のための慣れないセックスに、まだ体力的な負担を感じているようです」

「なるほど、それは俺の責任かもしれないな」

俺はすでに、あれから何度もカイラとセックスしている。

どうやら彼女にもらった魔力は、最大でも一週間ほどで消費してしまうらしい。

なので、安全マージンをとって四日から五日ごとに交わっている。

けれど、どうやらカイラにとってはそれが、思ったよりも負担になっているらしい。

「あまり無茶なことはした覚えがなかったが、カイラはセックスでは受け身だからな。ついやりすぎてしまった部分があるかも」

「まだおふたりとも関係が浅いですし、無理もありません。ただ、魔力を補給された翌日は少しお疲れのようなのです」

そう言われてしまうと、反省せざるを得ない。

俺にとっても彼女は生命線で、万が一体調を崩して一週間以上寝込むような事態になれば、生死にかかわる。

「なので、ベッドではもう少しカイラ様の意見も聞いていただけないでしょうか？」

イライザはそう言って、今度は俺の膝に手を置いてくる。

それと同時に、その大きな胸を俺の腕に押しつけてきた。

「ただ、不慣れなカイラ様に気を遣っていては、思ったように発散できぬものもございましょう。そのときは、私を呼んでいただければ」

「それは……」

自分が好きなように奉仕をするから、カイラには手加減してほしいということだ。

俺は柄にもなく欲望を動かされ、少し迷ってしまった。

カイラのような美少女を抱けるのも素晴らしいことだけれど、イライザは彼女にも勝る豊満なスタイルの美女だ。

特に胸などは、俺の腕でさえ谷間に挟んでしまえそうで、思わず唾が湧き出てしまうほど。

一度その素晴らしさを味わったことがあるだけに、自分のものに出来る可能性は手放しがたい。

けれど、ここで欲望に身を任せては、イライザに弱みを握られることにならないか？

まだここでの暮らしに安心できていない俺は、どうしても警戒してしまう。

「カイラについては気を遣おう、約束する。けど、イライザには……」

「ありがとうございます、その言葉をいただけただけでも十分です。これから致しますのは、私が勝手にしたことですので」

「お、おいっ……うわっ！」

だが、イライザは悩む俺の肩を押して、ベッドに押し倒してきた。

男女の差はあっても向こうは魔族。そして、親衛隊隊長を務める強者だ。

反応する暇もなく押さえられて一瞬体を硬くするものの、すぐ下半身に甘い刺激が走る。

見れば、肩を押したのとは反対の手が、ズボン越しに股間を撫でていた。

「熟練の娼婦のようにとは参りませんが、精いっぱいご奉仕させていただきます」

イライザはそう言うと、下着ごとズボンをゆっくり下ろしてくる。

肉棒が露出すると、彼女は移動して俺の足の間に陣取った。

それから、ゆっくり股間に顔を近づけて肉棒へ口づけする。

「ん、ちゅむっ……遠慮せず楽しんでください。はむっ、ちゅる、れろっ！」

「イライザ……くっ……」

彼女は最初から積極的だった。

片手で根元を支えながら、口内に飲み込んだ竿へ丁寧に舌を這わす。

そのテクニックは巧みなもので、俺は瞬く間に勃起してしまった。

「はふっ、んっ……もうこんなに大きくなるなんて、私で興奮していただけたんですね？」

イライザは肉棒から口を離し、僅かに頬を赤くしながらこちらを見上げてきた。

「すごく気持ちいいな、続けてくれるか？」

「はい、このままお楽しみください」

頷くと、彼女はまたフェラチオに戻る。

勃起した肉棒を咥えながら、口内で舌を巧みに巻きつける。

あるいは頭を上下に動かして、唇でしめつけながらしごく。

大きな胸を太ももに押し当てて、さらに興奮を煽ってきた。

「はむっ、じゅるるるるっ！　はふっ、じゅぷっ……ビクビクと震えてきましたね？」

「くっ、こんなの我慢できるはずないっ……！」

下半身から甘い快感が昇ってきて、全身が蕩けそうになってしまう。

カイラはあまりこういった奉仕をしてくれないので、余計に効いた。

肉棒は限界まで立ち上がり、腰の奥から熱いものがせり上がってくる。

とうとう我慢できなくなった俺は、体を起こしてイライザの肩を掴んだ。

「ハチローさん？」

「もう十分だ、ベッドへ横になってくれ」

「はい、分かりました」

思わず息が荒くなってしまいそうになるのを堪えて伝える。

だが彼女も俺の言葉を聞いて察したのか、大人しく奉仕を切り上げて、ベッドに仰向けで横になった。

「んっ……ハチローさん……」

横になったイライザは、両手足から力を抜いて俺を見つめていた。

無防備な彼女の姿に欲望が動かされる。

「いいんだな？」

「どうか遠慮なく、欲望をぶつけてくださいませ。私はどのようなことでも受け入れますので」

その言葉で俺の理性のストッパーが外れてしまう。

「後悔するなよっ！」

俺は彼女の体に覆いかぶさると、その身を包む服に手をかけた。

イライザの服は全身をぴっちりと包み込むようなもの。

戦うときには動きやすいだろうけれど、こういった場では明らかに脱がせづらい。

なので、俺は遠慮なく服を破ってしまうことにした。

まずは下半身から、股間の部分を左右に引き裂く。するとすぐに、その秘部が露《あらわ》になった。

「あうっ」

「なっ!?　し、下着は身に着けていないのか？」

「動きが悪くなってしまいますので……。大事な部分は布地が厚くなっていますから、そうそう透けることはありません」

「だからって……じゃあ、胸も？」

俺は驚きつつも手を動かし、今度は胸元を破る。

すると、こちらも豊満な乳房の肌色が露出し、先端の乳首も丸見えだ。

「こんな服であちこち歩き回っていたのか……。もともとエロい服だと思ってたけど、ここまでとはな」

「カイラ様をお守りするためですので」

そう言いつつも、彼女の顔は赤くなっていた。普段からこれが理由で、真面目な顔をしつつも羞恥心を感じていたのだろうか。絶好の弱みを握ったと思った俺は一気に責めることにした。

「対策してると言ってたが、動くたびにここの割れ目に食い込んだり、乳首が浮かびそうになってたんじゃないのか？」

「やっ、ひゃうっ！　待ってください、両方一度に……あうっ!!」

俺は右手を股間に向かわせ、指の腹で秘部を割れ目に沿って撫で上げる。

そして、左手で先端が露になっている爆乳を鷲掴みにする。

「どうしたんだ、もう乳首が硬くなってるぞ？」

俺の手のひらには、興奮してすっかり硬くなった乳首の感触があった。

「そ、それは……あうっ！」

俺の言葉に何か反論しようとするイライザ。

けれど、少し手を動かして爆乳を揉むと、その刺激で声が漏れてしまっている。

「まさか、俺のをフェラして感じてたのか？　意外に変態なんだな」

「ん、くっ……はぁ、はぁっ……！　そんなに責めないでくださいっ」

「そうは言っても、感じてるイライザは凄くエロいからな。もっと見たくなる」

俺は彼女の顔を覗き込みながらそう続ける。

「わ、私のことはどうか気になさらず」

イライザはあくまで、俺への奉仕という形にこだわっているようだ。

快感に身を任せて、自分が保てなくなってしまうのは避けたいという思いを感じる。

ただ、俺としては普段から隙のない身のこなしで、いつ見てもきっちりしているイライザだからこそ乱れさせたい。

「そうか、イライザの気持ちは分かった」

「ハチローさん……」

そう返事をすると、彼女は油断して体から力を抜く。

俺はその一瞬を見逃さなかった。今度は胸の代わりに、右手の指を膣内に挿入させていく。

「ひゃうっ!?　なっ、だめっ！　そこはっ……んっ、ひうぅぅぅぅっ!!」

膣内に刺激を受けた彼女が、それに反応して腰を震わせた。

合わせて、奇襲のように与えられた快感に嬌声を上げる。

「そんなっ、そこはっ！」

「ふふ、こっちもいい具合に濡れているじゃないか」

挿入した指は、セックスできるほど十分に濡れている膣内の様子を感じ取る。

やはり、ここまでの行為で全身が興奮してきているらしい。

「この様子なら、もう前戯はいらないな」

「あっ、やめっ、中で動かさないでくださいっ！　あうっ、あひぅっ！　ん、ひゃあぁぁっ！」

挿入したまま指を動かすと、彼女は面白いように身悶えした。

すっかり火照った爆乳をゆさゆさと揺らしながら、頬を赤く染める。

俺はいったん体を起こすと、イライザに勃起させられた肉棒を秘部に押し当てる。

「はぁ、はぁ……ハ、ハチローさん……」

「諦めて受け入れろ」

次の瞬間、俺は腰を前に進めて一気に膣奥まで貫いた。

「あぐっ！　ひっ……あぁっ……!!」

俺のものが入った瞬間、イライザは目を丸くして天井を見上げた。

今まで指先で入り口付近しか刺激されていなかったのに、硬く勃起したもので一気に奥まで貫かれたのだ。さぞ大きな刺激が彼女の体に与えられただろう。

それは、肉棒を伝わってくる膣内の様子からも容易に想像できた。

「ぐっ、めちゃくちゃビクビク震えてるな」

「ハ、ハチローさんが一気に入れるからですっ……くっ、ふぐぅ……！」

イライザはお腹に力を入れて、何とか快感に耐えようとしている。

快感に飲まれて、無様な姿を見せる訳にはいかないという気持ちだろう。

だからこそ、堕としたいという欲望も湧いてくる。

「ふふっ、もっと乱れさせてやるよ」

俺は両手を動かしてしっかりと腰を握ると、大きくピストンを始める。

肉棒が膣内を蹂躙していき、向こうも敏感に反応した。

「ひっ、んぐっ……あっ、あぁぁっ！」

もはや嬌声は押し殺せないらしい。けれど、せめて理性は保とうと必死になっている。

顔を赤くして、乳首を勃起させ、秘部からダラダラと愛液を漏らしながら。

なんとか無様を晒すまいと、手でシーツを握りしめている姿。

それがまた嬉しくて、より感じさせてやろうと頑張ってしまった。

「そんなに、激しくっ……あぁぁぁっ！　気持ちよくっ……ひうっ、んんっ!!」

「くっ……さっきより具合もよくなってる……」

膣肉はウネウネと肉棒に絡みつき、まるで俺に対して媚びているようだ。

もうほとんど、肉体は快楽に堕ちていると見ていい。

けれど、イライザは自分の心までは譲らなかった。

「はぁ、はぁっ……ハチローさん、私っ……」

強い快感を受けて潤んだ瞳を向けられて、体がいっそう熱くなるのを感じる。

見るからにトロトロで、体の中で滾っている興奮を抑えられない様子だ。

心は折れなくとも、彼女の肉体は深いピストンで快楽の渦に飲み込まれていた。

「だめなんですっ、もう我慢が……くっ、んんっ、はぁああっ！　これ以上、耐えられませんっ！」

「ぐっ、イライザッ！」

こんなにエロい姿でイキそうなのを告白されたら、こっちだって我慢できなくなる。

「ああ、このままイかせてやるっ！」

俺は若干前のめりになりつつ、思い切り腰を打ちつけ始めた。

部屋の中にパンパンという肉を打つ音が響き、それに愛液のかき回される卑猥な水音も混ざる。

「あひっ、ぐぅぅっ！　ひぃっ、あっ、ああっ！」

俺に突き上げられ、ピストンのたびに体を揺らすイライザ。

彼女の身を守るものは何もなく、胸も秘部も大事なところは丸見えだ。

その淫らな姿は十分以上に俺を興奮させたけれど、彼女の目の奥に残る理性がさらに征服欲を掻き立てる。

「このままっ、中で出すぞっ！」

「んぐっ、はいっ！　ハチローさんの精液、たくさん注いでくださいっ!!」

いつかは心まで堕としてやりたいと思いつつ、俺は思い切り腰を押しつけて欲望を解き放った。

「ひゃぐっ!?　ああっ、あああぁぁっ!!　イキますっ、イクッ、イクううううううぅぅっ!!」

白濁液が子宮口にぶち当たると共に、イライザの体も絶頂を迎えた。

全身がギュッと強張り、反対に表情はこれ以上ないほど蕩けてしまう。

そして、膣内はむやみやたらに肉棒を締めつけてきた。

「ぐっ、このっ！」

「あふっ、んぐぅっ！　だめっ、またっ！　イってしまいますっ、ああっ、くうぅうぅぅっ!!」

俺は激しい締めつけに精液を絞り出されながらも、何度か腰を動かしてイライザを刺激する。

すると、敏感になった膣を嬲られた彼女も、より強い快楽を感じていった。

まるで体が溶け合うような快感に包まれた絶頂に、やがて全身の力が抜けてしまう。

「あうぅ……ハチローさん、もう体が……」

「はぁ、ふぅ……何言ってるんだ？　夜はまだ長い、付き合ってもらうぞ」

「んっ、やっ、ひゃんっ！　は、はい、どうかハチローさんの望むままに……」

未だに硬さを失わない肉棒を軽く動かすと、イライザはすぐ潤んだ目を向けてくる。

俺はその夜、彼女を精根尽きるまで犯し続けたのだった。

第二章　勇者の襲来

人類軍の先遣部隊を一兵も損なわず殲滅したことで、魔王軍の士気はかつてないほど高まった。

それまでカイラの実力や籠城戦に疑問を抱いていた幹部たちも、表立って批判や疑念を口にしなくなったのも大きい。

これによって、魔王カイラの立場は以前よりも安定したものになった。

「ふぅ、これで一安心できるか。まだ課題は多いけどな」

魔王城の自室で、ゆったりと椅子に腰かけながらため息を吐く。

ちょうど書類の処理も終わって、休憩をとっているところだ。

すでに日は暮れ、月の光が魔王城と城下町を照らしていた。

今の俺の立場はカイラの個人的なアドバイザーだけれど、魔王城の改造は俺の意見を反映している部分が多いので、現場からの進言や陳述書は俺のところに届く。

工事の範囲が広いだけに書類も多めで、なかなか大変な作業だ。

それでも、自分が計画した城が着々と完成に向かっているのは喜ばしい。

「今日はもう新しい書類は届かないし、もう少しゆっくりしようか……」

そんなことを考えていると、いきなり部屋の扉は開かれた。

「ハチローはいるかしら？」

ノックもなしに入ってきたのはカイラだった。

というか、俺の部屋に無遠慮に入ってくるのは、こいつくらいしかいない。

彼女は部屋の中まで入ってくると、壁際に置かれたソファーに腰を下ろす。

「ああ、ここにいるぞ。ちょうど仕事も終わったところだけど……どうしたんだ？　イライザも連れていないし、珍しいな」

いつもカイラの後ろには、彼女がついていたはずだ。今は代わりに、扉の外に親衛隊が数名待機しているのがチラッと見えたが、すぐにドアは閉じられてしまう。

「イライザは、少し医者のところに行っているわ」

「医者？　どこか体でも悪くしたのか？」

問いかけると、カイラは少し苦い顔をする。

「そうじゃないわ。古傷の治療というか……。イライザが、わたしの教育係や親衛隊になる前は魔王軍の将軍だったのは知ってるわよね？」

「ああ、本人から聞いたからな」

「人類軍との戦争でも前線で活躍していたんだけれど、あるとき敵の矢で足を負傷して、一時期は杖をついていたくらいなの。今は回復しているけれど、時折古傷が痛んでしまうこともあるみたい」

「なるほど……」

それを聞いて、先遣隊襲撃のときに彼女が「今は全力を出せない」と言っていたのを思い出す。

彼女がカイラの傍についたのも、それが原因ということか。

「しかし、全力を出せないとはいえ、イライザの腕が凄まじいことに違いはない。この前なんか、親衛隊の隊員を五人も相手に訓練していたじゃないか」

城の窓からチラッと見ただけだけれど、精鋭の親衛隊相手にひとりで立ち回る姿は素直に凄いと思ってしまった。俺の感想にカイラは気分よさげに笑みを浮かべる。

「ふふ、当然よ。何と言っても魔王の親衛隊、その隊長だもの！」

「いざというときには頼りにするよ。それより、どうしてここに？」

「あっ、そうだったわ」

彼女ははっとした顔になると一つ咳払いして真面目な顔になる。

「明日はハチローに魔力を補給する日だったけど、用事が出来て夜は城にいられなくなったのよ」

「用事？」

「ええ、北部から援助物資が大量に送られてくるの。その出迎えと、協力に感謝を伝えないと」

「ああ、なるほど。魔族の最後の大規模な拠点はこの魔王城だけど、ほかに中小規模の拠点がいくつもあるのか」

籠城するにあたって物資は多いに越したことはない。

地方の魔族たちも、ここが文字どおり最後の砦だから精いっぱいの支援をしているんだろう。

「分かった、人間の俺は出向かないほうがよさそうだな。ということは……」

「ええ、少し早いけれど今夜、魔力を補給するわ」

そう言われて、俺は席から立ち上がるとカイラの前に移動した。

「じゃあベッドまで行くか？」

「いいえ、ここでいいわ。魔力の供給にも慣れてきたし、明日の準備もあるもの」

「そうか。ならあまり長引かせないよう気を付けよう」

俺はそう言うと、カイラの隣に腰かける。そして、そっと彼女の腰に手を回した。

それと同時に、カイラも俺の股間に手を伸ばしてきたので少し驚く。

「おや、今日はそっちも積極的なんだな？」

「いつまでもやられっぱなしじゃないってところを、ハチローにも見せてあげるわ！」

カイラはそう言うとニヤッと笑って見せる。

「なるほど、それは楽しみだな」

俺はそれに答えるように笑みを返して、まずは彼女の好きにさせてみることに。

カイラはそのままズボンの上から股間を撫で、感触を確かめているようだ。

「うわっ、熱い……それに、なんだか硬くなってないかしら？」

カイラは一見堂々としているけれど、触れられている俺からすると手つきがぎこちない。

イライザと比べると歴然としていて、経験の薄さと躊躇いの感情がよく分かる。

自分でやると言いつつも、やはり緊張してしまっているんだろう。

「どうしたんだ、撫でてるだけか？　それでも十分気持ちいいけれど」

確かにカイラの手つきは拙いけれど、彼女ほどの美少女が奉仕してくれているというだけで十分興奮してしまう。現に肉棒は硬くなって、カイラの手のひらにその感触を伝えていた。

「そ、そんな訳ないじゃない！　わたしだって、ちゃんと出来るわ！」

カイラはすぐに俺の挑発に乗り、ズボンのベルトを緩めた。

そして、中から硬くなった肉棒を取り出すとゆっくりしごき始める。

「どんどん硬くなってる……。わたしの手、そんなに気持ちいいのかしら？」

「ああ、もちろん気持ちいい。ただ、もう少し刺激が欲しいな」

そう言うと、俺は腰に回していた手を動かす。

行先は上で、黒い衣装に包まれた美巨乳だった。

ゆっくりと手を動かし、衣装越しに下から揉み上げるよう刺激する。

サイズこそイライザに一歩譲るけれど、服越しにも感じられる弾力はなかなかのものだ。

「えっ、あんっ！　ちょっと、ハチロー！　どこ触ってるの!?」

「カイラだって俺のものに触れてるんだし、これくらいはいいじゃないか。それとも、胸だけで気持ちよくなって手が動かせなくなりそうか？」

「そんなことないわ！　わたしだって、イライザみたいに出来るんだからっ！」

そう言うと、カイラは今度は両手を使って刺激してきた。

「うおっ!?　これはっ……」

片手で竿をしごきながら、もう片手で先端をやわやわと刺激してくる。

根元から先端まで、しなやかな手指による奉仕で快感が生まれていた。

「ふふっ、また硬くなってる。どんどん気持ちよくなっているのね？」

肉棒が手の中でビクビクと震える感触に、カイラが笑みを浮かべた。

「先っぽから先走り汁も溢れているし……そろそろ我慢できなくなってきたんじゃない？」

そう言われると、無暗に否定できない。

カイラのテクニックは確実に上昇している。

胸への愛撫も、彼女の頬が少し赤くなっていることから効果はあるようだけれど、比較すれば俺のほうが我慢できなくなっていた。

「……そうだな、正直に言うと、今すぐにでもぐちゃぐちゃに犯してやりたい」

「えっ、ちょっ、さすがに無理やり抱かれるのは困るわよ!?」

少し凄みを聞かせながらそう言うと、カイラは目を丸くして口元を震わせた。

まあ、イライザとの約束があるから強引にするつもりはないけれど。

「するのはいいけど、さすがに強引なのは困るわ。服とか乱れちゃうもの」

カイラはそう言うと、羽織っていたマントを脱いで脇に置く。そして、ソファーの上に乗ると四つん這いになり、ひじ掛けの部分に手をついてお尻をこちらに向けてきた。

「ハチロー、もう我慢できないんでしょう？　このましていいよ」

「おお、こりゃあ、たまらないな」

お姫様な美少女が、肉感的なお尻を向けて誘惑してくる。

そのシチュエーションだけで、なかなか欲望にくるものがあった。

「じゃあ、遠慮なくいただくとするか」

俺は彼女の後ろに陣取ると、片手をお尻に置きながらもう片手で衣装をズラし秘部を露にする。

「んっ……」

「まだ少し濡れ具合が足りないか？」

「大丈夫、もうハチローとするのも慣れてきたから」

彼女はそこで少し間を開けると、顔を赤くして躊躇《ためら》いがちに口を開く。

「そ、それに……ハチローのをシコシコしながらおっぱい揉まれて、わたしも少し興奮してきちゃったの……」

その言葉が合図になったように、秘部からじんわりと蜜が染み出してくる。

まるで、俺の興奮を最大限煽《あお》るために仕組まれたような光景だった。

おそらく偶然だろうけれど、今の俺はどうしようもないほど気持ちが高まってきてしまっている。

「まいったな、こんなの我慢できないぞ！」

俺はさっそく肉棒を割れ目に押し当てると、ゆっくり力を入れて挿入していった。

「あっ、んくっ……！　ハチローの、どんどん中に……あぅっ！」

「カイラの中、すごく濡れてるぞ！　ここには指一本触れてないのに、トロトロにしやがって！」

ぐぐっと腰を前に進めると、膣内は想像以上にスムーズにそれを受け入れた。

膣内は肉棒の挿入を悦ぶように優しく締めつけ、興奮を煽ってくる。

最奥まで挿入すると、子宮口を突かれた刺激でカイラが嬌声を上げた。

「ひゃっ、きゃふっ！　はぁっ……わたしの中、またハチローでいっぱいになっちゃう……」

「ああ、溢れるくらい注いでやるよっ！」

彼女の甘い声を聞いて、俺は遠慮なく腰を動かし始めた。

柔らかいお尻に腰を打ちつけ、潤んだ膣内の感触を堪能する。

「くっ、カイラはほんとに名器だな。隅々まで絡みついてくるっ！」

彼女の中は肉ヒダが発達していて、肉棒は少し動くだけでもそれに擦られてしまう。

まるで、そこには男の精を搾り取る魔物が棲んでいるようだった。

たまらずピストンを激しくすると、それに合わせてカイラの受ける快感も大きくなっていく。

「んぁっ、きゃっ、んぃぃぃっ！　ハチロー激しいわっ、あぅっ！」

彼女は両手でひじ掛けを握りしめながら、必死に快感に耐えていた。

「はぁはぁ、んぐっ……こんなに激しくして。そんなに興奮してるの？」

「ああ、今日のカイラはいつになくエロいからな！」

「そう言われると、少し嬉しいかも……わたしも、もう少し頑張る。んんっ！」

嬉しそうに笑みを浮かべると、カイラは俺の腰の動きに合わせて自らお尻を動かし始めた。

互いに腰を打ちつけ合い、パチンパチンと先ほどより大きな音が響く。

「はっ！　はふっ、あんっ！　これっ、さっきより凄いぃぃぃっ！」

「ぐっ、中がうごめいて絡みつくっ！」

むっちりした尻肉が押しつけられると、それと同時に膣内でも肉棒が締めつけられる。

内と外による同時の刺激に、興奮は否応なく高まっていった。

幸いなのは、カイラも俺と同じかそれ以上に感じてしまっていることか。

ここから見ても興奮で全身が火照って色づき、秘部から漏れ出した愛液は透明な糸を引いてソファーにまで垂れてしまっている。

「あぎゅっ、はふぅぅっ！　わ、わたしもうだめっ！　これ以上耐えられないのっ！　気持ちいいのが昇ってきて、頭の中が真っ白になっちゃうっ！」

大きく喘ぎながら、もう限界だと声を上げるカイラ。

普段は魔王として偉そうにふるまっている彼女が、こうして乱れていることに強い興奮を感じた。

「このまま出すぞっ！　カイラッ！」

「きてっ！　ハチローの、全部受け止めるからぁっ！」

次の瞬間、我慢が限界に達して一気に欲望が吹き上がった。

肉棒が震え、鈴口から精液が吹き上がる。

「ぐっ……！」

俺はそのまま最奥を突き上げるように腰を密着させ、カイラの奥の奥まで精液を送り込んでいく。

「ひぃっ！　きてるっ、熱いのがぁっ！　だめっ、イクッ！　わたしもイクッ！　ひぃいっ、あぐううううぅぅっ!!」

熱く滾る欲望の塊をぶつけられて、カイラも自分を抑えられなかったらしい。

背筋を反らして顎を浮かせながら、全身をビクビクと震わせて絶頂する。

「はぁっ、ふぅっ……ドクドクって、沁み込んでくる……」

激しい快感で体を支えていられなくなったのか、彼女は上半身をソファーに突っ伏してしまう。

それでも、事後は完全に脱力してしまった以前よりは成長していると言えた。

「カイラ、大丈夫か？」

絶頂の余韻も引いた頃合いを見計らって声をかける。

「んんっ……だ、大丈夫よ」

どうやら乱れていた呼吸は落ち着き、力も多少戻っているようだ。

カイラは中に俺の肉棒を収めたまま、自分のお腹に手を当てて魔力を補給してくれる。

全身に温かさが巡るような感覚がして、俺もそれを実感した。

「ありがとう、もう十分だ」

「ふぅ……こうするのも少し慣れてきたわね。んっ！」

事が終わると、カイラは体を動かして肉棒を引き抜く。

俺もソファーから降りて、常備してあるタオルを取りに行き、彼女に手渡した。

「気が利くわね、ありがとう」

カイラは受け取ったタオルで汗や汚れをふき取ると、一息ついてソファーの汚れていない部分に腰を下ろした。

「ところで、どうだったかしら？　わたしも上手くなってて、ハチローも少し慌てたんじゃない？」

「確かにな。いつまでもやられっぱなしじゃないというのは分かったよ」

得意そうに言う彼女に俺は苦笑いで返す。

人類軍の先遣部隊を壊滅させて戦果を得たとはいえ、カイラは依然として大きなプレッシャーにさらされている。

そんな中で、こういうひとときでもリラックスしてくれるなら、俺にとっても好都合だ。

部下の魔族たちの前では強がりつつも、実は苦労していることを知っている身としては純粋に頑張ってほしい気持ちもある。

万が一にも潰れられては、俺の目的も果たせないしな。

「用事があると言っても、少し休んでいく時間くらいはあるだろう？　お茶でも淹れてくる」

「あら、殊勝な心がけね。それならありがたくいただくわ」

そう言うと力を抜いて背もたれに寄り掛かるカイラを見て、俺は飲み物を用意しようと部屋を後にするのだった。

◆　◆

時がたち、とうとう人類軍の本体が魔王城の西側に到達した。

その数は当初の予想どおり十万を超え、圧倒的な数で大地を覆い尽くしている。

「おお、実際に目にすると予想以上の迫力だなぁ」

この辺りで一番高い場所は、魔王城の天守だ。

その最上階にまで上がれば、周囲二十キロ以上を見渡すことが出来る。

魔王城の周囲は整地されているので視界を遮るものはなく、これは魔王軍にとって有利な点の一つだ。夜ならばともかく、昼間は四方の敵軍の動きをいち早く察知することが出来る。

あまり近すぎると、今度は建設した城壁が邪魔になって見えないのが玉に瑕だが。

「す、すごい数……」

俺の隣でも驚き、同時に少し怯えるような声が聞こえた。カイラだ。

ここには俺とイライザしかいないからか、彼女もつい本音を口にしてしまったらしい。

そんな彼女をイライザが励ます。

「大丈夫ですカイラ様。すでに城壁をはじめとした防御設備はほぼ完成しています」

「それに加えて、長期戦に備えて市街地の一部を畑に改造しているしな」

東のほうを見ると、一部が整地されているのが見える。

元々は催し物などの際に会場となる広場だったのだが、その周囲も拡張して畑に改造していた。

育てているのは主に育成の早い野菜で、しばらくすれば収穫が見込める。

同胞の魔族によって大量の物資が支援されたとはいえ、こうして自力で食料を確保できる手段があれば市民たちも安心するというものだ。

もう一つ、籠城に合わせて行ったのが城下町に住む市民たちの避難だった。

時間的にすべての市民を避難させることはできないが、一般人は籠城時に負担となる。

希望者を募った結果、全体の二割ほどが避難することに。

ここに物資を運んできた同胞たちと一緒に、すでに北へ向かっていた。

城下町にいるのは、戦火に巻き込まれる危険があってもここに残る事情がある者たちだ。

全員が止むなく籠城することになるより、ずっと結束は固くなるだろう。

「カイラ様、すでに魔王軍の戦闘準備も完了しています。どうかご指示を」

イライザに求められ、彼女は深呼吸すると決意の表情を浮かべる。

そして、内心の恐怖心を押し殺してはっきりした口調で宣言した。

「これより魔王軍は臨戦態勢に入るわ。人類軍との戦いが始まるわよ！」

「はっ！　我ら魔族一同、総力を挙げて戦い抜きます！」

彼女の言葉を聞いたイライザが深く頭を下げる。こうして、人類軍との戦いが幕を上げた。


とはいえ、まさか籠城するこちらから打って出る訳にはいかない。

どのタイミングで戦端が開かれるかは完全に人類軍しだいだ。

数日様子を見ていると、向こうはやはり西側に本陣を置いて北と南にも軍を振り分けている。

本陣から最も遠い東側には、魔王軍の動きを監視する最低限の部隊のみだ。

「やはり、ハチローの言ったとおり、人類軍は西から攻めてくるみたいね」

魔王城の作戦室で、カイラが特製の席に座りながら机の地図を見下ろしている。

その姿勢は堂々としたもので、虚勢だとしても十分なものだった。

そして、ここには俺とイライザの他、魔王軍の幹部たちも詰めていた。

「向こうは占領したダンジョンを補給拠点としています。そことの連絡を円滑にして、万が一にも寸断されないようにする必要があったようです」

幹部のひとり、妖艶な衣装を身に纏ったサキュバスの女性がそう説明する。

彼女は魔王軍の諜報分野の長官であり、あらゆる手を使って敵から情報を手に入れていた。

「今のところ補給も潤沢で、打倒魔王を掲げて士気も旺盛です」

「間違っても正面から対決する訳にはいかんな」

サキュバス長官の隣に座っていた、白髪のオークがそう言う。

彼は魔王軍の将軍のひとりで、中でも最有力と称される人物だった。

「魔王陛下。ここは当初の予定どおり、どっしりと腰を据えて敵を待ったほうがいいでしょう」

「そうね、わたしもそう思うわ。将軍、我が方の配置はどうなっているの？」

「敵の主戦力だろう西側に一万、南北に五千ずつ、東には千ほど。残りは親衛隊と共に魔王城で予備として待機しております。城壁には、それぞれ補助軍も千から二千ほど」

兵力に劣る魔王軍は、大量の人類軍と戦うにあたって人手を必要としてた。

そこで立ち上げられたのが、有志の市民などからなる補助軍だ。

直接戦闘には参加しないものの、物資の運搬や医療、装備の整備などに協力している。

頼れる後方支援が出来たことで、兵士たちは安心して前を向いて戦えるということだ。

「万事準備万端でありますな。陛下のお造りになられた城壁に、複雑な塹壕、更に深い堀まで合わさっては、一兵たりとも壁の内側には足を踏み入れられないでしょう！」

「攻めてくるならこの前の先遣部隊のように蹴散らしてやるわ！　いつでもかかってきなさい！」

カイラが自信満々にそう言うと、幹部たちからも歓声が上がった。

どうやら上層部の士気も旺盛なようでなにより。

そんなことを考えていると、突然部屋の扉が開いて兵士が駆け込んでくる。

「おい、今は会議中だぞ！」

「も、申し訳ございません！　至急連絡が！」

無礼な入室にオーク将軍が声を上げるが、兵士は青い顔をしつつ言葉を続ける。

「西門より伝令です、人類軍に動きあり！　数は三万ほどで、先頭には勇者ユリンを確認とのことです！」

「なっ、それは本当なの!?」

その言葉に一番最初に反応したのはカイラだった。

いつでもかかってこい、と言った直後にこれだから無理もないか。

「はい、確かな情報です。勇者についても間違いないかと」

「ま、マズいわ……勇者がこんなに早く出てくるなんて……」

さっきまでの威勢はどこへやら、完全に動揺してしまっている。

副官的な立ち位置ですぐそばにいた俺は、こっそり声をかけた。

「落ち着けカイラ。勇者ってのはそんなにマズい相手なのか？　以前から名前は聞いていたが……」

「そ、そうよね……。そう言えば、ハチローには詳しい説明をしていなかったわ」

問いかけられて理性が戻ってきたのか、一つ深呼吸すると話してくれる。

「勇者は人間の中でごくたまに生まれる特異体質の存在で、魔王にも負けない強大な魔力を持っているの。身体能力も高くて、勇者が現れると魔族陣営は勢力の後退を強いられてきたわ。その力は一騎当千と言われるほど」

「そんなに……たしかに、それはマズいな。しかし、勇者も人間だろう？　そう毎回都合よく魔族退治に協力するのか？」

「元々、勇者として生まれると正義感が強くなるらしいわ。強すぎる力を同族に振るわないためのストッパーみたいなものかしら。周りが祭り上げれば、立派に対魔族の旗印になるわ」

「なるほど、本人の戦闘力はもちろん、カリスマ性も厄介ということか」

今回の人類軍は、複数の国家勢力が軍を出し合った連合軍だという。

そのような状態では、絶大なカリスマで全体を纏められる勇者は必要不可欠だろう。

「……ということは、今向かってきている勇者をどうにかできればこっちが優勢になるな」

「そ、それはそうだけれど……本気なの？　簡単には殺せないわよ」

ただでさえ勇者は強力なのに、今は大軍を連れている。

城から出陣して討ち取ることなど夢のまた夢だ。

ただ、俺は一つの作戦を思いついていた。

「長官さん、少し質問したいんだが」

「はい、なんでしょう？」

俺はサキュバスにいくつか情報を教えてもらい、作戦を実行に移せると確信した。

「勇者は正義感が強いんだろう？　なら、そこを少し利用させてもらおう」

「……？」

首をかしげるカイラに、俺は一つ提案をするのだった。


一時間後、カイラは俺とイライザ、それに護衛の親衛隊を連れて西門にまでやってきていた。

「ふむ、準備は万端みたいだな」

門の上にある櫓《やぐら》の窓から外を見てつぶやく。

高さ二十メートルの城壁と、その上に騒然と立ち並ぶ魔族兵。

下を見れば城外には深い堀があり、城内には敵軍を阻む迷路のような構造ができていた。

いずれも通常の都市ならば生活の妨げになってしまう施設だが、完全に籠城が目的の今の魔王城には遠慮がない。

残る南北と東の門も、利便性など欠片も気を払わず防御に特化している。

まさに、今の魔王城は難攻不落の大要塞と言って良い。

「ハチロー、いつまで外を見ているの？」

「ああ、悪い。今そっちに行く」

櫓の中は作戦室になっていて、前線の司令部も兼ねている。

席につくと、まずは西門の守備隊長が現状を報告してきた。

「人類軍はゆっくりと進みながらこちらに前進してきています。止まる様子はありません」

「攻城兵器の類《たぐい》はどうなっているんです？」

俺が問いかけると、守備隊長は首を横に振る。

「いえ、それらは確認できませんでした」

「となると、本気で攻めてくる気はないのか。小手調べだな」

城壁の攻略には攻城兵器が不可欠だ。本気でやってくるなら、それがないのは不自然だった。

「先遣隊が壊滅した話も届いただろうし、もう少し警戒してもよさそうですが……」

「そのとおり。こちらも警戒したほうがいいだろう」

「じゃあ、今日の出撃は中止に？」

「まさか、油断しているなら絶好の機会じゃないか！」

俺はそう言うとカイラに視線を向け、彼女もうなずいた。

「では、これより『勇者捕獲作戦』の概要を説明するわ」

彼女が懐から紙を取り出して読み上げると、イライザはもちろん守備隊長も顔を赤くした。

「なっ、なんですって!?　魔王様を囮《おとり》にする!?」

話を聞いて真っ先に反対の声を上げたのは、案の定イライザだった。彼女にとってカイラの安全確保は絶対だ。

「わざわざ危険なことをする必要はありません！」

「そうは言ってもカイラ、これは千載一遇のチャンスなのよ？」

「それは認めますが……」

なんと説明しても、やはりカイラを前線に連れていくのは反対らしい。

「イライザ隊長の言うとおりです。魔王様、ご自愛ください」

「人間の口車なんかに、乗らないでください！」

ほかにも、室内にいる魔族たちから慎重論が出てくる。しかし、カイラはそれを一蹴した。

「確かに危険はあるけれど、その分、手に入れられるものは多いのよ。敵は十万の大軍だけれど、勇者はひとりだけ。こんなチャンス、二度とあるかわからないんだから！　それとも、みんな勇者が怖くて動けないのかしら？」

そう言うと、イライザと他の魔族たちは驚いた顔になる。

カイラがここまで強気の発言をするのは、初めてなんだろう。

そして、俺は彼女の発言をフォローするように口を挟む。

「もちろん魔王の安全には細心の注意を払う。それに、この西門の魔王軍にも協力してもらわなければいけない」

「勇者を失えば人類軍は一気にカリスマを失うわ。みんな、わたしに協力して」

ここまで言われては部下として協力しない訳にはいかない。

「協力は分かりましたが、じっさいどうするので？」

「それについては俺から。カイラは必ず有効な囮になるから、上手く使って勇者を吊り上げる」

こうして作戦を説明して、俺たちは人類軍と勇者を待ち受けることに。

それから少しして、城壁で監視をしていた兵士から人類軍が到達したと連絡があった。

「つ、ついに来たわっ」

「大丈夫だ。親衛隊の面々が守ってくれてる」

俺たちがいるのは櫓の下、城門の前だった。

これから、ここにいる少数で城門から外に出て人類軍を挑発するのだ。

「魔王陛下！　開門準備よしです！」

「分かったわ。ふぅ……うん、やりなさい！」

彼女の言葉と共に城門が開き、同時に堀に橋が下ろされる。

親衛隊と共に外に出ると、塹壕を挟んで数百メートルほど先に人類軍の姿があった。

向こうもいきなり城門が開いて、何者かが出てきたことに困惑しているようだ。

「いい反応だぞ、カイラの出番だ。思いっきり挑発してやれ」

「どうなるかしらね……まあ、やれるだけやってみるわ」

彼女はそう言って、片手を軽く喉にあててから口を開いた。

『人類軍の諸君、よくぞここまでやってきたわね！　わたしこそが魔王カイラよ！』

次の瞬間、真横で拡声器を使ったかのような大声が響いた。

声帯を強化して、声を何倍にもする魔法だ。

民衆に向けて演説するときに必要だとかで、使えるよう教育されていたらしい。

『お前たちのおかげで、わが魔王軍はついに最後の都まで追い詰められてしまった。しかし、見なさいこの要塞を！　魔王の御業によって作られた城塞は十万の兵が相手でもびくともしない！　現に、先遣部隊はひとり残らず殲滅してやったわ！　不躾に他人の家に押し入ってきたんだもの、当然の報いね！』

人類軍も、突然魔王と名乗る少女が現れて困惑しているのだろう。

しかし、話を聞くうちにどうやら本当に人類軍の仇敵が目の前にいると悟ったようだ。

見るからに殺気立ち、三万人の圧迫感がこちらにまで伝わってくる。

それまで何とか言葉を続けていたカイラも、そのプレッシャーに後ずさりしてしまった。

「ひっ!?　こ、こんなにたくさんの兵士がわたしを……」

「カイラ、大丈夫だ。横についてる」

「ハ、ハチロー……うん、頑張ってみるわ」

彼女は再び首に手を当てて挑発を続けた。

人類軍の侵攻は暴挙だと批判し、どれだけの大軍でかかろうと城は落ちないと宣言し、最後には攻略を諦め占領した地域を返還し撤退するよう求める。

『さあ、お前たちの仇敵魔王はここにいるわよ！　討ち取りたければかかってきなさい！』

さすがに、ここまで言われて憤らない者はいない。

人類軍は、長年の因縁に決着をつけるために魔王を殺し、魔族を殲滅する決意なのだから。

僅かな時も経たず、敵軍は雄たけびを上げて突撃してきた。

「きっ、来たわよっ!?」

「ああ、上手く引っかかったな。迎撃を始めさせよう」

俺が合図を送ると、城壁で待機していた兵士たちが弓を射る。

中には弓ではなく、魔法を使って火球や氷の礫《つぶて》を放つ者たちもいた。

「弓矢の射撃だ！　盾を掲げで塹壕に入れ！」

人類軍の指揮官の声が聞こえる。

城壁の周りに張り巡らされた塹壕は二メートルほどの深さで、中に入ると全身が隠れてしまう。

中に入って頭上に盾を掲げれば、城壁からの攻撃を防げるわけだ。

しかし、塹壕は狭いうえに曲がりくねっているため、どうしても進軍速度が落ちてしまう。

中には塹壕に入らず門を目指す兵士もいたが、それらは優先的に狙われて耐えきれず崩れ落ちていった。ただ、そんな矢の雨の中を盾も持たずに突っ切ってくる者がいる。

よく目立つ赤い髪を、ツインテールにした少女だった。

彼女は驚異的な見切りと俊敏性で矢を除け、必要な分は剣で切り払う。

その間も足は少しも止めず、塹壕を飛び越えてすでに門まで百メートルの位置まで迫っていた。

「あれが……勇者なの……？　この攻撃の中を、信じられないっ！」

「ああ、俺もここまでとは予想外だ」

まさに人間離れした身のこなしに冷や汗をかいてしまう。

すると、今まで後ろで控えていた親衛隊がそれぞれ臨戦態勢になった。

彼らは魔王配下の魔族から選抜された精鋭であり、種族はバラバラだ。

あるものは刀剣を、あるものは己の体そのものを武器にして構え勇者を見据える。

同時に、イライザが槍を手にして俺たちの前に出る。

「カイラ様、ハチローさん、そこを動かないでください。勇者の相手は私たちが務めます」

「イライザ……頼むわよ」

「お任せを」

それからすぐ、勇者が塹壕を突破した。

「魔王親衛隊、今こそ役割を果たすときです。続け！」

俺たちを護衛する数人を残し、イライザを先頭に勇者を迎撃する親衛隊。

勇者もこちらの動きに気付いたのか、より鋭く睨みつけてくる。

そして、とうとう両者が接触。最初に、勇者ユリンの剣とイライザの槍が衝突した。

「そこを退いてっ！」

「カイラ様の元には行かせない！」

火花が散るほどのパワーでぶつかり合う両者の得物。しかし、徐々に勇者のほうが押していく。

「くっ、なんてパワーですか……！」

「勇者の名にかけて、ボクが絶対に魔王を倒すよ！」

「いいえ、させません！」

目に激しい闘志を宿して鍔迫り合いをするふたり。しかし、このままでは押されて負けると思ったのか、イライザが一瞬わざと力を抜いてユリンの体勢を崩した。

「今ですっ！」

彼女の言葉と共に、機会をうかがっていた親衛隊員たちが一斉に襲い掛かる。

鋼鉄の鎧すらペシャンコにする戦槌に、並の人間では扱えないだろう斬馬刀。凶悪な大型武器が左右から襲い掛かるが、ユリンはそれをとっさの身のこなしで躱《かわ》し、武器の軌道から逃れた。

「なっ!?」

「馬鹿な！」

完璧にタイミングを合わせた挟撃を避けられ、一瞬の隙を作ってしまう親衛隊員。

ユリンはそれを見逃さなかった。

「邪魔だよ！　あなたたちに用はないんだからっ！」

すぐさま剣が振るわれ、親衛隊員が吹き飛ばされる。

魔族は人間より頑丈なので一撃で死ぬようなことはないだろうが、すぐに戦線復帰はできないだろう。

「おのれ勇者め！」

「落ち着け！　想像以上に油断ならないぞ！」

「隙を晒さず、全方位から攻撃をしかけろ！」

親衛隊員たちはそれでも士気旺盛に攻撃をしかけるが、勇者ユリンはものともしない。

絶え間なく攻撃し続けることで、かろうじて足を止めている状態だ。

魔王軍の中でも厳しい訓練を経ている彼らでも、一瞬だけ刃を交えるのがギリギリ。

一番腕の立つイライザでさえ、三合も打ち合えば限界になってしまう。

武術に関してはまったく素人の俺から見ても、勇者の力は圧倒的だった。

「ハチロー、わたしっ……」

目の前で繰り広げられる壮絶な攻防に恐怖したのか、カイラが俺の袖を握りしめた。

なんとか勇者の足を止めている最中でも、運悪く相手の剣がかすった親衛隊員はそれだけで吹き飛ばされ戦闘不能になってしまう。

ひとり、ふたりと脱落していき、彼らが地に臥せば勇者の剣はカイラの心臓を貫くだろう。

「あんなの無理よ……こ、殺されるっ！」

明確な死の予見という恐怖は、カイラが内側に隠していた恐怖心を引きずり出す。

普段は偉そうにふるまっている彼女も、結局は甘やかされて育ったお嬢様だ。

ここまで心を支えていた責任感も、本能的な恐怖の前には役立たない。

「う……あぁ……」

親衛隊が消耗してくるにつれ、勇者ユリンが徐々に前進してくる。

イライザが無理をして先ほどより長く打ち合っても、彼女は止められなかった。

「魔王はみんなの生活を脅かす……だから、倒さなきゃいけないの」

魔王を見つめるユリンの目には、確固たる使命感が宿っていた。

きっと話にあったとおり正義感が強くて、同胞の人類には優しさをもって接しているんだろう。

けれど、剣を向けられている俺たちからすればまるで死神のような存在だ。

当初数十人いた親衛隊は、イライザを合わせて残り数人。

俺とカイラを直接護衛している者を合わせても十人に満たなかった。

「ふぅ……ここで終わりだよ」

魔王軍側は息を荒くして疲労しているのに対し、ユリンは汗一つかいていない。

もう彼女の進撃を押さえることはできないだろう。

イライザが悔しそうに唇を噛み、カイラは顔を白くして動けなくなってしまう。

「魔王の首さえとれば、魔族は自由に領域を拡大できないんだってね。もう住む場所を追われて難民になる人もいなくなるんだ。覚悟してもらうよ」

その無慈悲な言葉に我慢ならなくなったのか、カイラが口を開いて反論する。

「わ、わたしは一度も配下に、人類の領域を犯せなんて命令していないわ！　拡大政策をとっていた先代は、お父様は死んでしまったのよ！」

「……だとしても、魔王が存在するかぎり魔族が膨張する危険は残るんだよ」

カイラの必死な言葉に一瞬の迷いを見せた勇者ユリン。

けれど使命が最優先だと、それを振り切って前へ踏み出そうとする。

しかし、次の瞬間彼女の背後、塹壕のほうで空気が変わった。

今まで塹壕によって速度を落としつつも着実に城壁に迫っていた軍勢から、数多の悲鳴が聞こえてきたのだ。

「ッ!? な、なにが起こったの？」

空気の変化を敏感に感じ取ったユリンはとっさに振り返る。しかし地面の下、塹壕の中で起こっていることは把握できない。そんな彼女の前へ、満を持して俺が立ちはだかった。

「頃合いだな。しかし、ギリギリだった」

「君は……人間？」

こちらに向きなおったユリンは、俺を見て困惑の表情を浮かべる。

「よく分かったな。俺は葛城八郎、正真正銘の人間だ。ただし、今は魔王側だけれどな」

俺の発言でとっさにユリンが剣を向けてくる。

「おいおい、物騒なものを向けないでくれ。話ができないだろう？」

「逆に聞くけど、この期に及んで話で状況を治められるとでも？」

「出来るさ。なにせ、最低でもここに攻め込んできた兵士は俺たちの包囲下にあるからな。お前に対する人質だ」

「なっ!? ど、どういうことなの！」

あまりに予想外な言葉に驚きの表情を浮かべるユリン。

俺は彼女にゆっくり状況を説明することに。

「作戦はこうだ。勇者であるお前とその他の軍勢を切り離し、カリスマ的な存在を失った奴らを塹壕内で包囲する」

「塹壕内で、包囲だって？　でもこの城からは君たち以外ほかに一兵も……」

「カイラ率いる魔王軍には、もともと鉱山で暮らしてて、穴掘りや狭い場所での活動が得意な者たちがいてな」

城壁の建設にも協力してもらったコボルトたちだ。

彼らは人間より小柄で、地下での生活に慣れているから狭い穴でもスイスイ動ける。

魔王城と塹壕のあちこちは、彼らしか通れない隠蔽された地下通路で繋がっているんだ。

「人類軍は矢を防ぐために盾を掲げているから、城壁の上から覗けばどこをどう進んでいるのかは丸見えだ。どうすれば包囲できるかは簡単にわかる」

塹壕内の設計も、コボルトたちはギリギリふたり並んで戦えるが、人間は一列になるしかない広さだ。総兵力では相手が多くても、一度に戦える数はこちらが優勢。

人類軍は大部分が遊兵化し、塹壕内に閉じ込められる結果となった。

カイラの奮戦を見ていれば人類軍も包囲を突破しようという気持ちが湧いたかもしれないが、生憎と塹壕内からここは見えない。

万の兵を纏める彼女のカリスマも、今の状況では発揮できないのだ。

「もはや塹壕は人類軍を閉じ込める牢獄になった。塹壕から出ようものなら、瞬く間に矢でハチの巣にされるだろう」

「そ、そんな……」

ここに至ってユリンも状況を把握したらしい。

かろうじて剣をこちらに向けているものの、腕からは力が抜けているように見える。

「降伏しろ。これ以上魔王を害そうとするなら、塹壕内に火矢を放つ。人類軍は土の牢獄のなかで焼け死んでいくだろう」

「くっ、卑怯だ！」

「卑怯だと？　生死がかかった場でそんなことに構っていられるか！」

俺は強気に言いつつも内心では不安を感じていた。

もし彼女が味方の兵を見捨てて突撃してくれれば、カイラは殺されてしまうだろう。

客観的に見れば、勇者ひとりと数万の兵の命で魔王を討ち取れることになる。

冷徹に計算し、当初の目的だけを達成しようとする生粋の兵士ならば、必要な犠牲と割り切るに違いない。けれど、俺は勇者に備わった正義感がそれを許さないことに賭けた。

そして……。

「……分かった、降伏するよ」

そう言うと、勇者ユリンは地面に剣を放り捨てた。

彼女にとっても魔王討伐は悲願だったのだろう、苦虫を噛み潰したような顔をしている。

それでも、これほど多くの味方を犠牲にしてまでカイラを殺すことは出来なかったようだ。

「よし、交渉成立だ。イライザさん」

「は、はい。分かりました」

戦いの経験豊富な彼女も、こういう展開は初めてなのか驚いているようだ。

それでも警戒しつつユリンに近づき、剣を取り上げて拘束する。

「これで、みんなの安全は保障してもらえるんだよね？」

「ああ。ここで起こったことは向こうにも伝えよう」

俺が背後に合図を送ると、塹壕のコボルトたちに撤退の命令が伝えられる。

城壁の兵士たちも射撃をやめ、突然のことに人類軍は困惑しているようだ。

俺たちはその間に、捕虜としたユリンを連れて城の中に戻っていくのだった。

◆　◆

それから、城壁の魔族から事のあらましを伝えられた人類軍の兵士たちは、複雑な表情を浮かべたまま撤退していく。

「俺たちのことなんか気にせず、魔王を討ち取ってくれればよかったのに！」

「そう言うな。勇者様の優しさはよく知っているだろう？」

魔王城に到達するまでにも、人類軍は多くの魔王軍との戦いを経てきた。

その中では当然傷つき、仲間を失い悲しむ者も多くなる。

そんな彼らを励まし、寄り添って慰めの言葉をかけていたのがユリンだ。その卓越した力から貴族並の扱いを受けることもできたが、あえて兵士たちと同じ環境で戦っていた。

彼女の姿を見て、寄せ集めの連合軍でしかなかった兵士たちが一つの人類軍に集まっていく。

どんな王侯や名将よりも、彼らの心を掴んでいたのがユリンであった。

「絶対に勝って、勇者様を取り戻そう」

「ああ、そうだな。俺たちの手で魔王軍を倒すんだ！」

彼らは負けたことに気落ちすることなく、新たな目的も加えてより戦意を高めていた。

しかし、そんな前線と違い、後方の本陣では勇者が捕虜になったという情報に混乱していた。

中でも、一番立派な天幕にいる初老の男は両手で頭を抱えている。

「ぐうぅぅぅぅ……だから勇者の出陣には反対だったのだ！」

男は頭から手を離すと、そのまま拳を握って報告書に叩きつける。

彼こそ、この人類軍の総司令官だった。

人類の領域でも有力な大国の将軍で、彼の母国とその友邦の軍は人類軍の主力となっている。

ここまでは勇者のカリスマもあって順調に戦果を重ね、総司令官としての地位も盤石だった。

しかし、ここにきて勇者が捕虜になるという大事件だ。

捕虜になったのはひとりだが、先遣隊の壊滅など話にもならないほどの被害である。

今回の攻撃は勇者の提案だった。

威力偵察により敵の能力を図り、魔族たちに勇者の力を見せつけて士気をくじくのが狙い。

総司令官は当初反対したものの、勇者に賛同する諸侯によって認めざるを得なくなってしまう。

その結果、まさかの魔王が姿を見せ挑発してくるという事態が起きてしまった。

発案者の彼女が捕虜となった以上、その責任は作戦を許可した者へ向く。

総司令官の地位は守られるとしても、これまで大人しくしていた少数派が声を大きくしてくるのは間違いない。

人類軍のトップに立つ者として、これからはより苦労することになるだろう。

「だ、誰だ……儂をこのような目に合わせたのは！」

魔王に仕える重臣たちのほとんどはすでに、人類軍との戦いに敗れ散っていった。

勇者の気質を利用するような狡猾な罠を仕掛けられる者は思い浮かばず、彼を困惑させている。

「魔王が知略に目覚めた、という訳ではなさそうだ。魔王の傍に、誰かいるな」

総司令官は天幕から出ると、はるか遠くに見える魔王城を睨みつける。

「ふん、誰が相手であろうと必ず攻略して、城を灰にしてくれるわ！」

彼の敵意は、魔王の背後にいるだろう陰に向けられていた。

こうして魔王城を戦場として、最初の戦いは幕を下ろす。

しかしこれは、その後数ヶ月に渡って続く攻防の始まりにすぎなかった。

◆　◆

勇者ユリンを捕虜にした俺たちは、まっすぐ城に帰還していた。

そしてユリンはひとまず牢に入れることとなり、俺たちだけで会議が開かれる。

議題はもちろん、捕らえた彼女をどうするかだ。

「わたしは早急に処刑するのがよろしいと思います」

真っ先にそう意見したのはイライザだ。

普段はカイラの後ろに控え、あまり意見を言わない彼女。しかし、魔王親衛隊の隊長であり、以前は人類軍との戦いを指揮した将軍でもあったので発言力は高い。俺は緊張しつつ問いただす。

「イライザは処刑するというが、その理由は？」

「多くの魔族がそれを望んでいるからです。これまで人類軍によって、数えきれないほどの同胞が殺されてきました。今、彼らが拠点としているダンジョンにも、友人や家族がいた者は少なくありません」

あくまで客観的な意見に見えるが、その言葉はイライザ自身にも当てはまるのだろう。

軍にいた頃の同僚や部下が、ダンジョンで散っていったのかもしれない。

そして、彼女の意見は妥当なものでもあるようだ。その証拠に賛同する者が次々と出てくる。

「そうだ！　一刻も早く勇者を処刑すべきです！」

「今は大人しくしているようだが、暴れだしたらどうなるか……」

「城門での策は、ここでは使えませぬぞ？」

積極的消極的を問わずに賛成は続き、七割ほどが手を上げる。

しかし、俺はそれにあえて反対してみせた。

「下手に殺しても利は少ない。むしろ、人類軍の兵士たちは復讐心に燃えて苛烈な攻撃を仕掛けてくるだろう」

彼女のカリスマをもってすれば、ありえないことではない。

あのとき塹壕の檻に閉じ込められた人類軍兵士は、最初よりは士気が低下していたものの、まだ元気に抵抗を続けていたという。あのような狭い場所で包囲されたとなれば、普通なら士気が崩壊し大混乱に陥っても不思議ではない。

やはり、ユリンが先頭に立って戦ったことと無関係ではないのだ。

「俺は殺すより利用したほうが得だと思う」

「利用、ですか？　どうすると？」

「先ほどと同じ手だ。彼女の正義感に訴えかけるんだよ」

俺の作戦は、端的に言えば懐柔だった。

もちろん、処刑を支持していた魔族たちからは大反対にあう。

「魔族の気持ちを踏みにじる気か！」とか、「勇者が心変わりするとは思えない」だとか、さらには「やはり人間は信用できぬ、一緒に処刑しよう」なんていう意見まで飛び出したくらいだ。

ただ、その混乱は長く続かない。

「静まりなさい！」

一言、それだけであれだけ騒いでいた魔族たちが口を閉じる。

「まったく、せっかく私が怖い思いをしてまで成功したというのに、捕虜の扱い一つで争いになるなんて」

椅子に腰かけて不満そうな表情をしている魔王は、視線を俺に向ける。

「ハチロー、本当に殺しちゃいけないのね？」

「そのほうが得策だと思う。俺が人類軍の上層部だったら、勇者には死んでもらったほうが嬉しいからな」

いくらカリスマがあるとはいえ、勇者は軍に属さない一個人だ。

そんな人物が兵士たちの絶大な信頼を得ているのは、面白くないだろう。

むしろ、死んでもらったほうが余計に口を出されることもなく、兵士の士気が高まるのだから儲けものだ。

「もちろん懐柔することが出来れば一番だが、出来なくとも城内にとどめておくことで意味はある」

「理由は分かったわ。一度殺してしまっては取り返しがつかないしね。でも、彼女の身柄にはハチローが責任を持ちなさい？」

「了解した。万が一にも下手な真似は起こさせないようにする」

こうしてユリンの処遇が決まり、彼女の身柄は俺が預かることとなった。

会議が終わるとさっそく牢屋に向かって、ユリンを連れ出すことに。

彼女は何も言わず無言でついてきたので、ひとまず城を出ることにした。

「……ボクをどこに連れていこうっていうの？」

「ようやくしゃべったか。今の城の中は、お前を敵視する魔族でいっぱいだからな。城下町ならまだ顔が割れてないし、少しは大丈夫だろう」

「そうじゃなくて！　せっかく捕まえた勇者なんだよ？　処刑するかと思っていたのに……何を考

えているの？」

そう言うと、不審そうな目つきで見つめてくる。

「少し話がしたいと思って、連れ出したんだ」

俺は適当なレストランを見つけ、中に入って二階の個室を借りる。

料理を注文してウェイターが去ると、ユリンは小さく息を吐いた。

「ふぅ、本当に魔族だらけで緊張したよ。戦場で周りを囲まれるのとは少し違うし」

「人間なら、最初は誰でもそうなる」

俺は用意された水を一口飲んで、ユリンのほうを向く。

こうして改めて見ると、彼女もなかなかの美人だ。

歳はカイラと同じくらいだろうか。けれど、彼女より背が高めで少し大人っぽく見える。

一息ついたことで硬い表情も解《ほぐ》れ、ようやくリラックスしているようだ。

肉体は細めに引き締まっているものの、女性らしいスタイルはカイラにも負けない。

その上動きやすさ重視なのか、生地が薄くて布面積も少ない服を着ていて、目のやりどころに困る。いっしょに戦っている兵士も、これでは意識がそがれてしまったのではないだろうか？

なんにせよ、親衛隊を壊滅まであと一歩というところまで追い詰めた少女には見えない。

彼女は俺と視線を合わせると、少し警戒しながら話しかけてくる。

「それで、話というのは何なの？　すぐ解放してくれるとかだと嬉しいけど。魔王の近くにいたし、偉いんでしょ？」

「残念ながらそこまでの権限はないな。とはいえ、こうしてある程度自由に動けているのは俺が身柄を預かって安全を保障しているからだ。君が下手なことをすると俺まで被害を被って、首と胴体が泣き別れになる。気を付けてくれ」

「むっ、今度は自分を人質に……」

「相手の弱みを見つけたら、とことん付け入るのが必勝法だからな。悪く思うなよ。それに、その揺るぎない正義感は称賛に価すると思っている」

「魔王の傍にいたあなたに褒められるのも変な感じだけど、ありがとう」

「まあ、今回はそれを利用させてもらったからな、俺が褒めて良いものじゃないが」

俺は水を飲んで一息つくと、再び口を開く。

「確か、名前はユリンだったたな。俺は八郎だ」

「ハチローくんだね、よろしく」

「ああ。ところで、ユリンはこの町を見てどう思う？」

窓から町の様子を見ると、彼女も視線を向けた。

「そうね、思ったよりも平和そうだ。もっと化け物みたいな魔物が多いのかと思ったけど、人間に近いのもいるし」

「そうだな、所々でサイズ感がおかしい場所もあるけど、それは魔族特有だ」

例えば、このレストランの扉にはドアノブが上下に二つ付いている。

多種多様な魔族に対応するには、一つでは足りないからだ。

「人類側にも異種族はいるけれど、こちらのほうが共生は進んでいるようだね」

「元々が、劣悪な環境に対応せざるを得なかった者たちの末裔だからな。助け合うのは当たり前みたいだ」

あるいは、他者を排斥するだけの余裕がなかったとも言えるが。

「とにかく、ここでもこうして日常がある」

「……ボクたちが魔王を殺そうとするのは悪いことだって、ハチローくんは言いたいのかい？」

彼女は警戒するような視線を向けてくる。

「そちらにもそちらの事情があるように、こっちにも事情があるんだよ。互いに相手の事情を知って妥協点を見いだせれば、戦いも終わるんじゃないかと思ってな。そうすれば俺も家へ帰れる」

「そういえば、ハチローくんはどうしてここに？　魔族の本拠地に人間がひとりきりなんて、普通じゃないよ」

俺は彼女に、分かりやすいようかいつまんで今の状況を説明する。

すると、今度は気の毒そうな視線を向けられてしまった。

「ハチローくんも不運だね。じゃあ、ボクが魔王を殺してしまったら、君は故郷へ帰れないのか」

「そうなるな。最近はこっちで暮らすのも楽しくなってきたけど、やっぱり便利な生活は捨てがたい。突然行方不明になるのも悪いしな」

実家とは疎遠になっているけれど、せめて連絡の一つくらい入れるのが義理というものだろう。

「困ったなぁ……」

「なんだ、俺のために悩んでるのか？　こりゃ筋金入りのお人よしだな」

「だって、家に帰れないなんて可哀想だよ。むぅ……」

彼女はそう言いながら、もう一度窓の外を見る。

これまで見てきた人間の街と比べているのかもしれない。

「魔王さえ差し出してくれれば、人類軍を退却してくれるよう説得できるかもしれないけど」

「それは無理だろう。魔王は魔族たちの生存権を守れる唯一無二の存在だからな。いなくなってしまえば、これから永遠にこの大陸の端で生きていくしかない」

資料によれば、環境魔力の濃度は微量ながら自然と変化していく。

それは他の自然環境が変わるのと同じで、途方もない時間がかかるものだ。

魔族が生存圏を確保するには、魔王の力に頼るしかない。

「それに、今の魔王は先代の後を継いでから一年も経っていない。ユリンも姿を見ただろう？　少し前まで普通の生活をしていた女の子を殺すって？」

「ぐっ……そ、そういう言い方は卑怯だと思うよ」

俺の言葉に文句を言うユリン。

しかし、確実にためらいは感じているようだ。

あまりごり押ししても仕方がない。今日はこのくらいにしておくか。

「まあ、俺たちはこれからも籠城を続けるし話す時間はたくさんある。気が変わったら教えてくれ」

丁度料理がやってきたので、話は中断して食事にすることに。

料理はなかなか味がよく、ボリュームもたっぷりだ。

「お、美味しい……これが籠城する城の中の食事なの？」

「幸いにも魔族の同胞が大量の物資を援助してくれてな。元々の蓄えと合わせれば数年は不自由なく暮らせるくらいだ」

貯蔵庫に入りきらず、カイラが新たに倉庫を作らなければならなかったほどだった。

「そんなに……長い戦いにはならないほうがいいんだけれど……」

人類軍は十万もの大軍を敵地に送り込んでいるんだ。

ここが地元の魔王軍と違って、補給にかかるコストも莫大なはず。そこを狙っているんだけどな。

「俺としてはとっとと諦めて帰ってくれることを願うよ。それと、今夜は俺の部屋に来てくれ。やっておかないといけないことがある」

「やっておくこと？」

「まあ、必要なことだよ」

不審そうな表情のユリンにそう答え、俺は食事を再開するのだった。


その日の夜。約束どおり彼女は俺の部屋を訪ねてきた。

俺は椅子に座ってリラックスし、ユリンはベッドの端に腰かけている。

「それで、これから何をするの？」

「ユリンは人間だろう？　だから、普通はここでは生きていられない」

この辺りの地域、特に魔王城の内部は普段から魔王が暮らしているためか、環境魔力が濃い。

何もしなければ、普通の人間は徐々に弱って死んでしまうほどに。

「ボクは普通の人間より魔力が多いから大丈夫だよ」

「それでも無限という訳じゃないだろう？　ましてや俺たちは籠城するつもりだ。ここで勇者に死なれると困るからな」

「人間でもこの環境で暮らせる方法があるんだね？　確かに、それがなければハチローくんがここで暮らしているのもおかしいか」

「まあ、方法が少し特殊だけどな」

俺はそう言って、細かく環境魔力対策を説明してやる。

すると、ユリンの顔がみるみる赤くなっていった。

「ちょ、ちょっと！　それって本気なの!?　魔王と、セ、セックスするなんて！」

「もちろん本気だ。ただ、カイラとユリンじゃ物理的にはもちろん精神的にもつながりを作ることはできないだろう。間違ってもふたりきりになんてできないしな」

今はまだユリンは、魔王を殺そうとしている。

ふたりきりにすれば、十秒後にはカイラの首が折れているだろう。

「だから俺の出番だ。カイラから俺へ魔力が供給され、俺の魔力をユリンに供給する」

「そんなこと、出来るの？」

「ここしばらく、数日おきに魔力を注がれているからな。何となく動かし方は分かるさ」

俺がそう言うと、彼女も反論する材料がなくなったのか黙る。

「理由は分かったけど……」

「やっぱり嫌か？　勇者と言えどいずれは環境魔力に冒《おか》されて死んでしまうし、それはこちらとしても困るんだが」

「ボクだって死にたくはないよ。でも、方法がセックスだなんて信じられない！　でも、やらないと死んじゃうし……」

彼女は手で顔を覆い、うんうんと唸っている。

勇者と言っても年頃の女の子には違いないし、抵抗があるんだろう。

(死なれるのは困る。力の差じゃ圧倒的に向こうが上だし、無理やりするわけにもいかないからなぁ……)

そんなことを考えていると、彼女が顔を上げた。何かを決意したような表情で俺を見つめてくる。

「分かったよ、ここでハチローくんとセックスすればいいんでしょう？」

「おお、理解してくれたか！」

そう決断してくれれば安心だと俺は頷く。

「で、でも……ボク初めてだから、丁寧にしてよね？」

「身を任せてくれるのなら、精いっぱいの努力はする」

こうして、俺はユリンの純潔をもらうことになった。

「まさか、ここにきて処女を失うことになるとは思わなかったよ」

靴を脱いでベッドに上がった彼女は、女の子座りになって俺を見つめてくる。

まだ緊張しているようで、笑みを浮かべてみてもぎこちない。

「少なくとも朝まで邪魔が入ることはないから安心しろ。ああ、人類軍が総攻撃でも仕掛けてきたら別だけどな」

「あはは、それじゃあ今だけはゆっくりしててほしいかなぁ」

俺もベッドに上がると、彼女の傍へ近づいていく。

手を伸ばして肩に触れると、ユリンがピクッと小さく震えた。

「怖いか？」

「うん、ちょっと」

「全幅の信頼を置けとはいえないけど、少し前にはカイラの処女ももらったんだ。経験者だって言えば、少しは安心できるか？」

「えっ、カイラって魔王の!?　そっか、彼女ともセックスしたんだよね。それも、何回も……」

「ああ、だからユリンもきっと大丈夫だ」

「魔王との経験談で勇気づけられるって少し複雑だけど、ありがとう」

そう言って、彼女は自然な笑みを浮かべた。

肩から力が抜けたのを見計らって、ユリンの腰に手を回し抱き寄せる。

そして、両手を使ってゆっくりと愛撫を始めた。

「んっ……こうやって男の人に触れられるの、初めてだよ」

「だろうな。人類にとっては希望の勇者様だ」

そんな彼女をこれから手籠めにしようとしていると思うと、背徳感で背中がゾクッとしてしまいそうになる。カイラのときも少し緊張したけれど、今回はより大きい。

俺は両手で胸や足を服の上から撫でつつ、リラックスさせるために話を続ける。

「勇者様だなんて、今でも実感がわかないんだ。僕はただ皆に幸せになってほしいだけだよ。それに、理不尽に踏みにじられた人たちの思いを無為にしたくないんだ」

「損得勘定抜きにそこまで考えて、実行できているだけで十分勇者だと思うけどな」

今の人類軍に彼女ほど純粋な正義感を抱いている者はいないだろう。

人はだれしも心の中にやましい感情を抱えているからこそ、より純白なものに惹かれる。

だからこそ、ユリンは十万もの大軍をまとめられるカリスマとなっているんだ。

「まあ、その勇者様も今は俺の腕の中で可愛い姿をしているけどな」

「か、可愛いなんて……んっ、ひゃうっ!? そ、そこはっ！」

俺の指が下着越しに秘部へ触れると、彼女もまた緊張してしまう。

「大丈夫だ、ゆっくり刺激してやる。まさか、触れるのも初めてってわけじゃないだろ？」

「そ、それはそうだけど……あうっ、んっ！ 他人に触られるのは初めてだから」

「じゃあ、たくさん感じさせて気持ちよさを教えないとな」

俺は片手で彼女を捕まえておき、もう片方の手で秘部を集中的に刺激していく。

「やっ、ひぅんっ！　ま、待って！　そんなに……あうぅぅっ！」

割れ目に沿い、スルスルと指先を上下に動かす。

最初は反応が鈍かったけれど、徐々に敏感になっているのか声が漏れ出てきた。

「そんなにっ、はふ、んうぅぅ……動かさないでぇ……はぁ、はぁ、んふぅっ」

ユリンの息はどんどん荒くなっていき、色っぽい息遣いも混じる。

それを聞くたび、俺の中の興奮も大きくなっていった。

鼻にかかったような吐息は、自然と男の欲望を掻き立てる。

「はぁ、ひぅ……だ、だめぇ……あぁっ！」

気持ちよくなって快感の波がきたのか、倒れそうになってしまう。

俺が支えていたからいいものの、これでは完全にされるがままだ。

城門で親衛隊を相手に無双していた少女と同一人物とは思えず、そのギャップに滾ってしまう。

「気持ちよくなってきたか？　ここも濡れてきているな」

指を動かすとヌルっとした液体が絡みつく。刺激で彼女の体が濡れてきたようだ。

「はぁ、はぁっ……ボク、もうそんなに？」

「ああ、エロくなってるぞ。こりゃあ楽しみだな」

体の反応を見て俺も笑みを浮かべる。そして、今度は下着をズラして指先を挿入していった。

「あひっ!?　ちょ、ちょっと中にっ！」

「大丈夫だ、膜は傷つけないよ」

関節一つ分くらいを挿入して、内側を撫でるように刺激する。

「あっ、ああっ……だめっ、体が熱くなっちゃうよぉ！」

「そのまま熱くなっていいんだぞ？　しっかり支えておいてやるから」

「あぐっ、はぁはぁ、ハチローくんのエッチ！　はぁ、ひぃぃっ！　ナデナデするのだめぇっ！」

膣内への刺激はこれまでよりずっと効くようだ。

手足を悶えるように動かしながらも、彼女は俺に体重を預けている。

首筋にもしっとり汗が浮いていて、相当興奮しているのが分かった。

「ハチローくん、ボクもう限界だよ。もう、準備出来てるからぁ……」

とうとう我慢できなくなったのか、ユリンのほうから声をかけられる。

艶っぽい声はもちろん、こちらを見つめる視線も情欲に濡れているようだ。

「一応、最後に確認するけれど……」

「うんっ！　僕の純潔、ハチローくんに捧げるよ。だから、きて？」

「分かった」

俺が手を離すと、彼女はゆっくり仰向けで横になった。

愛撫のせいで服が所々はだけていて、とてもエロい。

乳首も秘部も丸見えで、いつでも男を受け入れられるくらい蕩け切っている。

もちろん、その誘惑を受ける対象はオレひとりしかいない。

ゆっくり体を前に動かし、彼女の両足に手を置く。

「んっ、ハチローくん……」

「まだ少し緊張してるな。心配しなくても、すぐよくなる」

ここまでたっぷり愛撫を重ねたのは伊達じゃない。

膣口はヒクヒクと動き、先ほど刺激した内側をのぞかせている。

俺は下着ごとズボンを脱ぐと、硬くなった肉棒をそこへ押し当てた。

「さて、入れるぞ？」

「うん。でもちょっと待って。……その前に、キスしてほしいな」

「ほほう、なかなか可愛いこと言ってくれるじゃないか」

潤んだ目で見つめられたら断れない。そのままの状態で前のめりになると、ユリンの唇を奪う。

触れあった瞬間、彼女の頬が興奮とは別の桃色に染まった。

「んんっ！　はふ、むぅ……ちゅ、ちゅうっ！」

緊張を紛らわそうとしてか、思った以上に積極的に唇を押しつけてくるユリン。

俺もそれに応えつつ、ゆっくり腰を前に動かしていく。

「ちゅっちゅっ、んむぅ……んぐっ！」

肉棒が膣内にめり込んでいき、ユリンも少しだけ眉を顰める。

しかし、あまりゆっくりしていると痛みを長引かせるだけだ。

一旦キスをやめにして、一気に腰を前に突き出す。

「んんっ、ぐうううぅぅ……ッ!!」

処女膜を突き破ると同時に苦悶の声が聞こえた。

それでも腰は止めず、一気に奥まで収めてしまう。

「あひっ、はひっ……うぅぅっ……」

強い刺激にユリンの声も弱々しくなっていく。けれど、数分も経つと落ち着いたのか呼吸が整ってきた。

「ふぅ、んんっ。凄かったぁ……」

「大丈夫か？」

「ちょっと大丈夫じゃなかったけど、もう慣れてきたよ」

「それならよかった」

「動いてもいいけど、ゆっくりしてね？」

「ああ、分かってる」

俺は彼女の腰を両手で掴むとしっかり引き寄せる。そして、言われたとおりゆっくりとピストンを始めた。

「んっ、あうっ……」

肉棒が膣内と擦れる度、ユリンから声が聞こえる。

喘ぎ声というほどあからさまなものではないけれど、逆に苦しそうでもない。

さっきはあれほど乱れていたのに、処女喪失の衝撃で少し冷めてしまったか。

ただ、俺の動きに合わせて彼女の体が揺れているのはなかなか楽しい。

「ここからもう一度、可愛い声を上げさせてやる」

そう意気込んで腰を動かすと、膣内もキュウキュウと締めつけてきた。

どうやら前戯は十分機能して膣内をほぐしていたらしい。

「はぁ、はぁ、んうぅっ……！　ボクの中で、ハチローくんが動いてるっ！」

「ああ、入り口から奥まで、しらみつぶしに犯してやる」

さっきは指先だけだったけれど、今度は何倍も大きな肉棒だ。

一突きで入り口から奥まで擦りあげて、肉ヒダがヒクヒクと震える。

「あふっ、んぁっ！　はぁっ、ふぅぅぅぅ……体がだんだん熱くなってくるよ」

「いい具合になってきたか？　なら、もう少しスピードを上げるぞ」

さっきよりも速く腰を動かし、ユリンの膣内をかき乱していく。

彼女の中も敏感になっているようで、愛撫のときのような甘い反応が増えてきた。

「ひっ、はふぅっ！　はぁ、はぁ、奥まですごいぃぃぃっ！　こんなの初めてだよぉっ！」

ピストンで全身を上下に動かしながら、快感で愛液を漏らすユリン。

もう膣内は彼女の愛液と俺の先走りでドロドロになり、肉棒にかき出されたものがシーツに染みを作っていた。

「いい声だなユリン、もっと聞かせてくれないか？」

「でも、外に……あぁっ！　だめっ、奥でグリグリしちゃっ、ひゃうううううぅぅっ！」

「朝まで邪魔は入らないって言っただろう？　我慢せず声を出していいんだぞ」

もう痛みは薄れたのか、苦しそうな声は聞こえない。

遠慮なく腰を突き上げると、それに応えるように嬌声が響いた。

「ひぃぃ、あううぅぅっ！　だめっ、ほんとに声我慢できないよぉ！　はううぅぅっ！　いいっ、気持ちいいっ!!」

膣内をかき乱していくにつれ、ユリンの乱れようも大胆になってきた。

快楽に呑まれて蕩けてしまった表情で見つめられると、たまらない。

ピストンも激しくなって、腰を打ちつけるごとに美しい巨乳がゆさゆさと揺れていた。

思わず片手を伸ばして正面から鷲掴みにし、ゆっくり柔らかさと重量を味わうように揉む。

「んくぅっ!?　そんなっ、おっぱいまで一緒に……あうっ、くあぁぁっ！　ひぃ、はぁっ！」

「また可愛い声が出てきたな。乳首もこんなに硬くなってるし、ここでも気持ちよくしてやるっ！」

互いにブレーキが壊れたように興奮を高めあい、限界まで登っていく。

「はひっ！　ひゅうっ……あんっ！　さっきから、気持ちいいのがどんどんくるよぉ！」

「ユリン……ぐっ！　俺も、もう……」

先ほどからピストンの強さは変えていないのに、どんどん気持ちよくなってきている。

体が互いに順応して、快感を生み出しやすくなっているのかもしれない。

「ハ、ハチローくんっ！　ボク、もう我慢できそうにないから……このまま、最後までっ！」

「ああ、分かってるよ」

そう言って頷くと、彼女も安心したように笑みを浮かべた。

そして、両手を彼女の頭の横について顔を見下ろす。覆いかぶさるようになって犯しているからか、互いに顔が近くて視線が絡み合っているかのようだ。

「ふぅっ、ひゅううっ！　あぁっ……だめっ、もうイっちゃう！　くるっ、くるっ……！」

次の瞬間、なんと向こうから足を腰に絡みつけてきた。

「ユリンッ!?　くっ……うう……ッ！」

肉棒がより深くまで入り込んで、子宮口に押しつけられる。

「中につ、ハチローくんの精子っ、たくさん出してっ!!」

ギュッと抱きしめられ、心と体の興奮が一気に高まった。

俺はたまらず欲望の塊を弾けさせ、ドクドクと彼女の中に注ぎ込んでいく。

「ひぃっ、あああぁあぁああっ!!　熱いのっ、きてるっ！　ボクもイっちゃうっ！　んくうううぅうぅううっ!!」

ユリンの背筋が弓なりになって、全身がビクビクと震えた。

膣内もギュウギュウ引き締まり、射精中の肉棒からより多くの精液を搾り取ろうとする。

「ぐっ！　すごいなっ！」

「ひゃうっ、ぐうぅうぅうっ！　ぜ、全身が蕩けちゃうううううぅうっ……」

それから俺に抱きつきつつ、気持ちよさそうに体を震わせていたユリン。

挿入したときの苦しそうな表情はなく、ただ快感に翻弄されて気持ちよさそうな柔らかい顔になっている。体から力も抜いて、リラックスしきっているようだ。

「ボ、ボク、もう無理……これで、魔力貰えるの？」

「ああ、大丈夫なはずだ。やってみる」

俺はユリンの体をつなげたまま、カイラにされているようなイメージで体内の魔力を動かす。

すると、確かに感じていた熱が徐々にユリンの中へ移っていくのが分かった。

「あうっ!?　ほんとに魔力来てる！　凄く熱い、これが魔王の魔力……」

快感に蕩けていた彼女の表情が一瞬で驚愕に染まった。

「これでしばらくはこの城にいても問題にならないはずだ。また数日ごとに魔力を供給しないといけないけどな」

「そうなんだ。でも、少し楽しみかも。ふふっ」

「なんだ、気に入ったのか？　勇者様が初めてのセックスで乱れてる変態だって、人類軍の兵士たちが知ったら幻滅しそうだな」

「ちょ、ちょっと！　それは止めてよねっ！」

そう言うとユリンが急に慌てだしたので、俺も思わず笑ってしまう。

「ははは、まあ大人しくしていれば悪いようにはしないさ。今日は疲れているだろうし、もう休んでしまおう」

「そうしてくれると助かるよ。今になってまた、少し腰がヒリヒリしてきたし……」

適当に後片付けをすると、ユリンはそのままベッドで眠ってしまう。

俺はスヤスヤと寝息を立てる彼女を横目に、これでようやく一段落だと肩の力を抜くのだった。

第三章　生まれ変わっていく城

勇者ユリンの捕縛から一週間後、ようやく人類軍が動き出す。

朝一番に東以外の三方面の軍勢が活動し始め、攻勢を開始するかもしれないという連絡があった。

魔王軍もすぐに対応し、城壁の部隊が戦闘態勢をとる。

俺はカイラたちといっしょに魔王城の屋上に上り、戦況を観察することに。

城壁からは、飛行可能な魔族たちによって逐次連絡が送られてくる。

この屋上は魔族たちの発着場も兼ねていた。

あらかじめ大まかな作戦は決めてあるので、基本的な指示は城壁側の前線司令部から発せられるだろう。俺たちのいる城は総司令部として、戦闘全体の方向性を決めることになるのだ。

「イライザ、状況はどうかしら？」

主戦場である西側を見つめながらカイラが問いかける。

「はい、連絡によれば西側では敵主力が配置を完了。南北でももうすぐ完了するとみられ、その後すぐに攻めてくるはずです」

「東はどうなっているの？」

「今のところ動きはないようです」

「向こうは手薄だから心配だわ」

「それは相手も同じかと。そうですよねハチローさん？」

話を振られたので俺は頷いて答える。

「ああ、向こうは精神的な支柱である勇者を失って統率力が低下している。ただでさえ連合軍で纏まりがないのだから、本陣の真反対にあたる東側には大規模な部隊は展開できないだろう」

せいぜいが千か二千程度。

それくらいならこちらの警戒部隊だけでも対処可能だ。

ただ、もしかするとこちらの裏をかいて、精鋭の部隊を回してくるかもしれない。

そのときはこちらも、貴重な予備戦力を投入しなければならないだろう。

「……いよいよ始まるのね」

「ああ、でも大丈夫だ。俺が考えてカイラが作り上げた城が落ちるものか」

そう言うと、彼女が少し驚いた表情になった。

「珍しいこともあるのね、ハチローがそんなに自信ありげに言うなんて」

「これだけの労力をかけて作った城だぞ？　簡単に落城してたまるものか」

城壁はもちろん、堀や塹壕の配置だって、前線で戦う魔族たちとも相談して考え抜いたものだ。

易々と突破されてしまえば、何のために俺が召喚されたのか分からない。

「それに、実は秘密兵器ももうすぐ完成しそうなんだ」

「秘密兵器……？」

「ああ。ここの技術で作れるか少し心配だったんだが、ドワーフたちが上手くやってくれそうでな」

アレが完成すればもっと防御力が高まるだろう。

「とはいえ、最初の一撃は秘密兵器なしで切り抜けなければいけなそうだけどな」

俺の視線の先では人類軍が陣形を整えているのが見える。

そして、風に乗って笛の音が聞こえてきた。

「これは……」

「カイラ様、これは進軍の合図です。敵が攻めてまいります」

イライザがそう言った直後、人類軍の隊列が動いた。

「いよいよ始まるのね。いいわ、かかってきなさい！　この魔王城は、わたしたちの家は絶対に渡さないんだから！」

カイラが声を上げると、周りの魔族たちも腕を振り上げて声を上げる。

こうして人類軍との本格的な攻防戦が幕を開けるのだった。


「西門司令部から状況報告！　敵主力部隊の猛攻撃を受けているようです！　しかし、果敢に応戦中！　まだ城壁にとりついた敵兵は少ないとのこと」

「そう、分かったわ。そのまま応戦を続けさせてちょうだい」

主戦場の西門からの報告に一息つくカイラ。

戦闘が始まってから一時間ほどが経つが、こちらの防御はうまくいっているようだ。

敵は塹壕に阻まれて、攻城兵器を城壁まで接近させることが出来ないでいる。

少数の敵兵は城壁まで到達しているようだが、はしごや破城槌がなければ内部に侵入することはできないだろう。

弓矢の射程でも、撃ち下ろしができている分こちらが有利。

そこに魔法攻撃も加わって、人類軍は隊列を維持するのに苦労しているようだ。

「ふふっ、すごいじゃない！　人類軍のやつら、まったく歯が立っていないわ！」

最初こそ戦々恐々としていたカイラだが、戦況がこちら有利だと分かると笑みを浮かべている。

「まだ油断はできないが、順調な滑り出しだな」

「もちろんよ！　このまま撃退してやるんだから！」

「あまり威勢のいいことを言うと、フラグになりそうな気もするけどな」

上機嫌になりながら屋上から身を乗り出し、前線の戦況を覗くカイラ。

少し心配になってしまうが、まあ大丈夫だろう。

この世界には城壁を飛び越えてここまで届くような兵器はないようだし、唯一そんなことができそうな勇者はすでに囚われの身だ。

「カイラ、戦況を覗くのはいいが、城から落ちるなよ」

「大丈夫よ！　……あっ、南から勢いのいいのがやってきたみたい！」

「なんだと？」

言われて目を凝らしてみると、確かに南側で少し攻勢が強まっているようだ。

「攻城兵器も近づいていないし、あれくらいなら大丈夫だと思うが……。カイラ、少し援護してやってくれるか？」

「分かったわ、任せなさい！」

そう言うと、彼女は深呼吸して集中し始める。

直後、彼女の体から何か黒い霧のようなものがあふれ出した。

「うおっ⁉　こ、これが魔王の代名詞……」

彼女が発生させているのは環境魔力だった。

通常は無色透明のはずが、可視化するほど濃くなっている。

そして、そのまま黒い霧の塊が南のほうへゆっくり移動していった。

「ふぅ……。これで南門の守備兵は元気よく戦えるわね！」

「ああ、逆に人間の兵士は疲れやすくなると。完璧だ」

今の行動によって南の城壁付近では一段と環境魔力の濃度が上がる。

それによって双方の兵士のパフォーマンスに差が生じ、魔族兵は襲い掛かってくる人類軍を次々に撃退していく。開戦前の不安とは裏腹に、戦況はこれ以上なく順調に推移していた。

◆

◆

一方、人類軍の司令部は焦燥感に包まれていた。

「おい、どうなっている！　攻撃開始から二時間も経っているのに、まだどこの門にも到達できていないのか!?」

複数いる参謀の中でも古参の者が、苛立たし気に伝令兵に問いかける。

「はっ、はい！　魔王城の防備が予想以上に強力で、どこもまだ攻城塔や破城槌が城壁までたどり着けていないと……」

二十メートル級の城壁とそれに見合う巨大な城門を攻略するには、それ相応の兵器が必要だ。

しかし、人類軍はこれまでの間に一つも城の至近まで送り込めないでいた。

「くっ！　まさか魔王城がこれほど要塞化されているとはな」

「事前の情報では、今の魔王城エル・シ・ラーテは、軍事拠点としての力をほぼ失っているとのことでしたが……」

もうひとりの若手参謀がそう言うと、怒っていた参謀が腕を組んで息を吐く。

「どこが軍事拠点としての力を失っているだと？　これ以上ないほどの堅城ではないか。貴様、偽情報を握らされたのか？」

「そんなはずはありません。捕虜にした魔族兵や、現地の一般魔族を無作為に尋問した結果です」

「ううむ……。そうなると、あの城はまるで一夜にして要塞に変化したようではないか」

「何しろ相手は魔王ですから、どんな力を隠し持っているか分かりません」

若手参謀の言葉に、司令部の天幕はまた重苦しい雰囲気になる。

するとそこへ、前線へ視察に出ていた総司令官が戻ってきた。

「そ、総司令官閣下！」

天幕にいた者たちが彼のほうを向くと、総司令官もうなずいて席に腰掛ける。

「閣下の目から見て、前線の状況はいかがだったでしょうか？」

部下からの問いかけに彼がゆっくり口を開く。

「よくないな。塹壕と堀のせいで思うように攻城兵器が接近できていない。このままでは歩兵の損失が大きくなるばかりだ」

「では……」

「うむ、ここは一度撤退して体勢を立て直すほかない。士気が下がるのはいただけないが」

総司令官の決定を受け、司令部はまたあわただしくなる。

その様子を見ながら、総司令官は傍《かたわ》らの古参参謀へ話しかける。

「当初の予定では、脆弱な城砦《じょうさい》を一気に突破して占領する予定だったが……」

「総攻撃を受けてもビクともしないとは、計画の大規模な修正が必要ですね」

「うむ、そうなるな」

勇者が捕虜になるという事件があっても、司令部は十万もの数があれば力押しで突破できると考えていた。しかし今日の攻勢の結果で、敵の評価を大幅に上方修正しなければならなくなる。

「もう一つ、城の内部の情報は集められているか？」

「魔王城は完全に籠城体制になっており、鼠一匹入り込む隙間もありません。それに加えて、城内には密度の濃い環境魔力の問題もありますので、密偵を送り込むのは不可能です」

「そうか……」

魔族の支配地域では環境魔力が濃いため、通常の人間が暮らすと頭痛や吐き気などの体調不良に襲われる。人類軍は今回の魔王討伐のために環境魔力の影響を抑える魔法薬を精製し、それを全兵士に供給していた。

しかし、魔王城の内部はその魔法薬も効果がないほど濃密な環境魔力に満たされている。普通の人間では数時間で体調が悪くなり、丸一日放置されれば倒れてしまうほどだ。

これでは、城内にスパイを送り込むなど望むべくもない。

「魔王城をここまで改造した者の正体を知りたかったのだが……まあ、仕方ない」

「時間があれば、ほかの小型の攻城兵器も展開できます」

「うむ。敵が籠城を選ぶのであれば、こちらも腰を据えて戦うとしよう。できれば戦いを長引かせたくはないのだがな」

総司令官はそう言うと、部下に命じて撤退を急がせるのだった。

◆　◆

一日目の攻撃は、合わせて二時間ほどで沈静化していった。

それからも散発的に攻撃があったが、三時間後にはすべての敵部隊が陣地まで撤退していく。

最初に西門の小部隊、続いて残り三方の兵も引いて周辺が静かになった。

「ハチロー、敵がすべて引いていったけど、これは勝ったのかしら？」

「ああ、緒戦は魔王軍の勝利と言っていいだろうな」

俺がそう言うと、カイラは嬉しそうな顔をする。

「ふふっ、やったじゃない！　まあ、わたしの率いる魔王軍だもの、負けるはずないわよね！」

「まったく、カイラは優勢だとすぐに元気になるな」

俺は少し呆れつつ、内心では安堵していた。数に劣るこちらが籠城戦をするには、緒戦で負けて士気が崩壊するようなことがあってはならない。

その点、今日の勝利はとても大きい。それに、カイラが安心できたのもよかった。

先代魔王ほどのカリスマはないが、魔王の血筋という要素は大きい。

彼女がいつもどおり偉そうにしていれば、魔族たちも安心するだろう。

「ふぅ、ようやく一日目が終わったか」

イライザに勧められて、俺とカイラは一足先に休むことになった。

城内の自室にたどり着くと、すぐベッドへ横になる。

カイラの手前、情けない姿をさらさないようにしていたけれど、実際はかなり緊張していた。

十万もの大群が攻めてくる光景は、とても恐ろしい。

平静を保てたのは、ユリンの捕獲と、その前の先遣隊への勝利があったからだろう。

あそこで実戦を経験できたことは、心理的にも大きな助けとなった。

「これから長期間の籠城戦になるんだ。気合を入れなおさないとな」

天井を見つめながらそんなことを考えていると、部屋の扉がノックされた。

扉を開けて中に入ってきたのはユリンだ。

「今、少し時間いい？」

「ああ、大丈夫だぞ」

俺が頷くと、彼女はベッドまで来てとなりに腰掛ける。

その表情はどことなく不安そうだ。

「今日、戦いがあったんだよね。……どうだった？」

「おいおい、自分の立場が分かってるのか？　捕虜へ好き好んで情報を渡すやつがどこにいる」

「うっ、そうだよね……。でも、どんな戦いだったのか気になって……」

どうやら自分が捕まり、人類軍の戦力が低下してしまったことを気にしているらしい。

共に戦った仲間たちに被害が出ていないか心配なんだろう。

不安そうな顔を見ていると、こっちまで心配になってくるな。

「……詳細は話せないが、少しなら教えてやる」

「えっ、本当!?」

驚いたように顔を上げ、呆然と俺のほうを見るユリン。

「なんだ、そんな顔をして。信じられないか？」

「いや、ハチローくんが捕虜のボクに気を遣ってくれるとは思わなくて……」

「その辛気臭い顔が、見ていられなかっただけだ」

そう言って、俺は今日の戦闘の様子をかいつまんで説明する。

「……と、まあこんな感じだ」

「そっか、早めに撤退したなら被害も少ないよね」

「こちらの固い防備を知って、明日以降は攻め方を変えてくるかもしれないな」

今日の戦いで、単純な力攻めでは大きな被害を出すと知らしめた。

となると相手も考えて、搦《から》め手《て》を交えた攻め方に変えてくるはずだ。

「また厳しくなりそうだな」

思わずため息をつきそうになってしまうが、その前に再び部屋の扉が開いた。

「ハチロー！　ここにいるの!?」

カイラが少し慌てた様子で中に入ってくる。

「えっ？」

「あっ……」

そして、偶然にも勇者と魔王が対峙することになってしまった。

ふたりはその場で固まり、一言も口にできず見つめ合う。

ユリンの視線は少し鋭くなり、カイラは逆に冷や汗をかいているようだ。

「お、おい」

沈黙に耐えかねた俺が口を開くと、ふたりとも驚いたように俺のほうを向いた。

「ボ、ボクは……」

「ユリン、頼むからそれ以上動くな。万が一カイラを傷つけられたら大変なことになる。俺の事情は説明しただろう？」

「うっ……わ、分かったよ」

彼女は一瞬ためらったものの、最後には頷いてくれた。

それに一安心して、今度はカイラのほうを向く。

「カイラもだ。下手に叫ばず、ゆっくりこっちに来い」

「だ、大丈夫なの？」

「少なくとも話は通じてる」

カイラは躊躇《ちゅうちょ》しつつ、それでも俺を信用してくれているのかベッドまでやってくる。

そして、ふたりは俺を挟んでベッドに座ることに。

部屋に気まずい雰囲気が漂いそうなので、再び俺から話を振る。

「それで、カイラはどうして俺の部屋に？」

「あっ、そうだわ！　今日の戦いで環境魔力を増やしたでしょう？」

「ああ、確かにそうだな」

「そのせいであなたの体内の魔力も、消費するのが速くなったのよ。もう補給しないと」

なるほど、カイラの言うとおりだ。

環境魔力が濃ければ濃いほど、彼女にもらった魔力を消費して安全を確保しなければならない。

「事情は分かった。けど、そういうことならばユリンにも魔力を補給しないとな」

「人類軍のもとに返してくれれば、苦労はないんじゃないかな？」

「勇者が戦線に復帰するくらいなら、腹上死するくらいセックスしたほうがいい」

「むぅ……じゃあ、ここでするの？」

「えっ!?　ちょっ、勇者と一緒にセックスするとか本気!?」

左右から詰め寄られ、俺はふたりの肩に手を置いて落ち着かせる。

「幸い今は、今日の戦いの事後処理で人が出払ってる。気付かれずに事を済ます、いいチャンスだろう？」

そう言うと、ふたりとも渋々ながら納得したようで頷いた。

やはり、年頃なだけあって他人に見られたくないという気持ちはあるようだ。

「じゃあ、まずは準備するとしようかな」

現在、俺から見て右手にカイラ、左手にユリンがいる。

彼女たちの腰に手を回すと、しっかり抱き寄せた。

「ほ、ほんとにこのままするのね……」

「ボク、さすがにちょっと恥ずかしいかな」

「何言ってるんだ、いつもするときは、ふたりとも積極的に乱れてるくせに」

その言葉で、彼女たちの顔が赤くなる。

「わっ、わたしはそんなに大きな声も出してないわよっ！」

「うぅ……やっぱり、エッチな姿になっちゃってるんだ……」

カイラは否定しているけれど、ユリンは正直だな。

なら、まずは正直なほうから誘ってみよう。

「さてユリン」

「ボクに何か……ひゃっ！」

彼女の腰に回していた手を動かし、お尻を撫でる。

彼女は敏感に反応して声を上げてしまい、俺を睨んできた。

「急に何するのっ！」

「ユリンのお尻が柔らかそうだったから、思わず手が伸びてしまった」

「別に、エッチするだけならお尻を揉む必要はないと思うんだけど」

「そうでもないぞ？　バックでするときはお尻の筋肉がほぐれていたほうがいいからな」

そう言いつつ、俺は続けて尻を撫でる。

今日は後ろから犯してやるという暗喩《あんゆ》に、彼女の頬が赤くなった。

「バックでって……ほ、ほんとに？」

「後でわかるさ」

「んっ、あぁぁっ……はうっ……」

撫でていた手で今度は尻肉を鷲掴みにすると、彼女の口から自然に熱い吐息が漏れる。

すると、反対側からこちらに視線を向けられている気配があった。

「カイラもしてほしいのか？」

「ッ!?　べ、別にわたしは……」

「まあまあ、遠慮するなって」

「えっ！　ちょっと、きゃうっ！」

俺は構わず彼女のほうにも手を伸ばし、お尻を遠慮なく揉んだり撫でたりする。

ユリンは俺にされるがまま。

カイラも手を振りほどくようなことはなく、恥じらいながらも受け入れている。

「初めてをもらったのはカイラが先だけど、ユリンのほうが慣れるのは早いな」

「だってエッチが気持ちいいし、ボクこんなの初めてだったんだもん」

彼女はほんのりと赤らんだ顔で、俺にすり寄ってくる。

「勇者がこんなにセックス好きの変態に化けるなんて、誰も思ってないだろうな」

「へ、変態じゃないよ！　こんなに気持ちいいの、誰だって我慢できないんだから、仕方ないんだよ……」

「分かった分かった。ただ、素直にしてるユリンにはご褒美をあげないとな」

お尻を撫でていた手を動かし、今度は前から股間に差し入れる。

服の中に入り、真っ先に秘部に到達した。

「あひゃうっ!?　あぁっ、ハチローくんの指がぁ……！」

「おいおい、もう湿ってないか？」

「だって、お尻を撫でられて体が熱くなっちゃったからぁ」

彼女の秘部に触れた指先は、すでに奥から熱いものが垂れてきているのに気付いた。

「こんなに濡らして、尻を撫でられているときから期待していたな？」

「だって、ハチローくんの手がエッチな触り方するからだよっ！」

「濡らしてたのは認めるわけか」

「うっ……ねぇ、もういいから早くっ」

「ああ、中に入れてやる」

俺はそのまま、割れ目に沿うよう動かしていた指を膣内に挿入した。

「あうぅぅぅっ！　ひぃっ、はふぅぅっ！　中につ、指がぁっ……」

ユリンはビクッと腰を震わせ、これまで以上に甘い声を漏らす。

それを見ていたカイラも、つられるように顔を赤くしていった。

「ううっ……」

「カイラもしてほしいか？」

「わっ、わたしは別に……勇者といっしょじゃ不安だから、早く終わらせてほしいだけよ……」

顔を反らして小さな声で言うカイラ。

しかし、早くすませてほしいか……いいことを聞いたな。

「それなら、カイラの望みどおりにするいい方法があるぞ」

「……なんだか、すごく怪しいんだけど？」

疑うような視線を向けてくる彼女に対し、俺は笑みを浮かべて返した。

「ふふ、まあ見てろ。下手に動くなよ」

そう伝えると、俺は彼女たちの腰を抱えて一気に立ち上がらせた。

「あっ、ひゃあっ！」

「な、なにっ!?　ちょっと待って……あうっ！」

「ほらほら、手間をかけせさせないでくれよ」

ふたりに移動を促して、部屋にある机に手をつかせる。

すると、彼女たちのお尻がこっちに向く形になった。

「おお、これは絶景だな」

位置が入れ替わって、俺から見て右のお尻がユリン、左のお尻がカイラだ。

こうして見ると運動している分、ユリンのほうが引き締まっているように見える。

カイラは肌にシミ一つなく真っ白で、まるで大福みたいに柔らかそうだ。

「さっき言ったとおり、後ろからしてやるからな」

「う、うん……」

ユリンは素直に頷く一方、カイラは振り返って納得いかなそうな表情を向けてきた。

「一緒にセックスするのは仕方ないとして、なんでこの子と並んですることになるの!?」

「このほうが効率的だろう？」

「それはそうだけど、わたしの気持ちが……ひゃあっ！　ちょ、ちょっと待っ……はひぃぃんっ！」

抵抗するカイラの秘部に左手を差し向け、指で秘部を擦り上げる。

すると、あっという間にかわいらしい声が聞こえてきた。

「アレコレ言ってても、しっかり感じてるじゃないか。なぁ？」

「ハ、ハチローがエッチな触り方するからっ！」

「でもしっかり濡れてるぞ？　お尻を揉まれて、ユリンの喘ぎ声を聞いて、それだけでここまで興奮してるのは間違いないな」

「うぐっ……」

どう誤魔化そうと、指先に感じている愛液の存在は言い逃れできない。

それに、これだけ濡れていれば挿入にも支障がないだろう。

俺はズボンから肉棒を取り出すと、まずカイラの秘部に押し当てる。

まずこっちに入れたほうが、いい反応が見られそうだからな。

「なっ!?」

これまで何度もセックスした彼女は、当てられただけでそれが何か分かったようだ。

何か言おうとしたが、俺はその前に挿入し始める。

「ま、待って！　いきなりっ……あああぁぁぁああっ!!」

ぐっと腰が前に進むと、それに合わせて肉棒も膣内へ沈み込んでいく。

「さすがにまだ少し狭いか」

興奮しているとは言っても、直接は愛撫していない。

そのせいでユリンほどは解《ほぐ》れておらず、挿入するにも少し力が必要になってしまう。

それでも俺は、ストップせずにそのまま膣奥まで挿入していった。

「やっ、ほんとに待って！　んぐっ、あぁっ……だめっ、広げられちゃうっ……!!」

「いいじゃないか、俺が奥までしっかり開いてやるぜ」

少し息が荒くなってきた彼女を見下ろしながら、腰を動かし続ける。

やがて肉棒が子宮口を小突き、それに合わせてカイラの肩が震えた。

「あひっ！　まだ、準備できてないのにっ！」

「それでもけっこうスムーズだったぞ？　さすがに、もう十回以上しているだけあるなぁ」

「なんか、ハチローに開発されちゃったみたいで納得できないんだけど……」

「そう拗ねるなって。しっかり気持ちよくしてやるから」

しっかり膣内が肉棒に慣れてきたのを見計らってから、今度はピストンを始める。

挿入開始からも徐々に濡れてきているので、膣内の滑りは上々だ。

最初からパンパンと、音が鳴るほど腰を打ちつける。

「あんっ！　やぁっ！　はぁ、はぁっ……んくうぅぅぅっ！」

「口ではなかなか素直にならないけど、本番になったらすぐ盛り上がるんだな」

「そんなこと言わなくていいからっ！　あうっ、はうぅぅっ！　だめっ、体が熱くなるのぉっ！」

カイラは両手で机をつかみ、なんとか正気を保っている状態だ。

与えられる快感を我慢しようとしつつも、抑えきれていないのがわかる。

「はうっ！　んんっ……ひゃぁっ！　そこっ、奥だめぇぇぇぇっ！」

「カイラ、声が大きいぞ。人が少なくて幸いだなぁ。いつもなら気付かれてる」

「だ、だって！　ハチローが激しくするからよっ……んんっ、あふぅぅ！」

カイラは一瞬恨めしそうな目で見てくるけれど、肉棒を突き込むとすぐ嬌声を上げた。

単に濡れやすくなっているだけじゃなく、感度も格段に上がっている気がする。

一突きごとにカイラが嬌声を上げると、犯している俺も楽しい。

「ふふっ、カイラとすると盛り上がるな」

「わっ、わたしはいつも大変だよっ！」

「今日はひとりじゃない分、楽だろう」

会話を続けつつも腰は止めず、彼女の中をかき乱し続ける。

そんな俺たちを横からユリンが見つめていた。

指による愛撫でだいぶ感じていたようだけど、俺がカイラを犯すことに集中したからか余裕が出てきたようだ。

「ふたりとも、そういうふうにエッチするんだ。あの魔王が……カイラがそんなに喘いでるなんて、ちょっと意外だよ」

「普段は強がって偉そうに振舞ってるからな。でも、入れられたら喘いじまうのはユリンも同じだろう？」

「そ、それはそうだけど……あっ、待って！　まだ心の準備が……んあっ、やぅっ！」

「これだけ濡らしてれば大丈夫だ。カイラだってイヤイヤ言いつつ喘いでるしな」

カイラの中から肉棒を引き抜き、隣にいるユリンを犯す。

肉棒はズルリと膣内に潜り込み、一気に最奥まで到達した。

やはりしっかり準備したから、奥まで解れているな。

ふたりとも机に手をついてこっちにお尻を向けているから、とっかえひっかえ犯しやすい。

「おっ、ここまでトロトロになってるぞ。しっかり中出ししないといけないからな、好都合だ」

「そうだけど……あひっ！　やっ！　やっぱりこれ、いつもと違うから緊張で感じすぎちゃうっ！

あぁあっ、ひうぅぅぅぅっ！」

「ははっ、いい声だな！」

「だって、こんなの声我慢できないよぉ！　あっ、ボクの奥までハチローに犯されちゃってるっ！」

パンパンと肉を打つ音が響くほど強く犯し、ユリンの足が震え始めると再びカイラのほうへ。

「んぐぅっ……ま、魔王と勇者を両方犯すなんて……いい身分になったものね！」

「ああ、自分でもそう思ってるよ。最初考えてたよりずっとステキな環境だ」

そう言いながらも、俺はふたりの興奮具合を見極めながら交互に犯していく。

俺が腰を動かす度、目の前でふたりの美少女が喘ぎ声を上げる。

日本にいたら絶対に味わえないような光景は、俺は強く興奮させた。

彼女たちの肉壺は俺のものを絡めとるような動きで、遠慮なく刺激してくる。

こっちもそれに負けないよう、しっかり腰を動かさなきゃいけない。

「ほら、ここはどうだ！」

「えっ、あうぅっ！　そこっ、突いちゃだめっ！　ひぅっ、ひゃあああぁぁっ!!」

お腹側の壁を擦るようにすると、カイラから嬌声が聞こえた。

だいぶ体も出来上がってきて、こういった強めの刺激でもしっかり感じられるようだ。

「いい声だなカイラ、もっとやってみるか？」

「はぁっ、はぁっ！　も、もう無理よっ！　勘弁してぇ……」

彼女は両手でなんとか体を支えているものの、限界も近いようだ。

息は乱れ、額から汗が垂れ落ちている。

もう十分感じているようだし、これ以上追い詰めると潰れてしまいそうだ。

「そうか、ならユリンだな！」

「えっ!?　ちょ、ちょっと待って！　ボクならいいって、どうしてそう……あぐううぅぅぅぅっ！」

両手でお尻を鷲掴みにし、思い切り腰を打ちつける。

引き締まったお尻がピストンの度に歪んで、その光景もエロい。

それに何より、刺激ごとにヒクヒクと震える膣内が極上の気持ち良さだ。

「あふっ、ぐぅぅっ！　はぁ、ふぅぅっ！　だめっ、気持ちいいよぉっ！」

「はぁっ、はぁ……気持ちいいのに何がだめなんだ？」

問いかけると、彼女は快感に蕩けた表情で振り向いた。

「だ、だって頭の中がホワホワして、体が浮いちゃいそうなんだもんっ！」

「それくらい気持ちいいってことじゃないか」

俺はそう言いながら、もう一度腰を打ちつける。

「いひゃあああぁぁっ!!」

「体が飛んでいかないよう、しっかり押さえておいてやるよ！」

「そういう問題じゃないって！　あうっ、きゃふっ！　いあああぁぁああっ!!」

実際、だめだと言いつつもユリンの手足はカイラよりしっかりしている。

やはりわがままお姫様と、戦士として最前線で戦ってきた差か。

それでもだんだん溜まってくる快楽を受け止め切れなくなり、限界に近づいていく。

「ひゃうっ、はぁっ……もう無理だよ、限界だもんっ！　あうっ、これ以上我慢できないよぉっ！」

ズンズンと奥を突かれながら、ユリンが悶えるように白旗を上げる。

「これっ、もうイっちゃうっ！　イっちゃうからぁっ!!」

「ああ、イかせてやる。ただし、カイラも一緒にな！」

俺は肉棒を引き抜くと、少し休憩させていたカイラの中に再び挿入していく。

「ちょ、ちょっと！　ひっ、きゃうんっ！　せっかく落ち着けると思ったのにっ……あぁっ！　だめっ、そんなに激しくされたらぁっ！」

もともと限界の近かったカイラは、再度の刺激ですぐイキそうになる。

膣内は不規則にビクビクと震えて、その感触が気持ちいい。

「このままイクぞっ！　ふたりとも、中に出すからなっ！」

「あうっ、ぐううううぅっ！　きてっ！　いいから早くぅっ！　イクッ！　イクッ！　ひゃあああぁぁっ!!」

「んっ、はあぁぁっ！　ボクにもちょうだいっ！　一緒にイクからぁっ！　ううっ、あひぃぃぃいいいっ!!」

ふたりの体がこわばり、次の瞬間、溜め込んでいた快感が爆発した。

手足の先まで快楽が行きわたり、ゾクゾクと全身を振るわせていく。

「ぐっ、うおっ！　カイラッ！　ユリンッ！」

搾り取られるような刺激に、俺も彼女たちの中で射精する。

肉棒が快感に打ち震え、ドクドクと精液が流れ込んでいった。

「ああっ、熱いぃ……ハチローのがたくさん、入ってきてる……」

「ボクの体、全部溶けちゃうかと思ったぁ……はぅ」

一緒に机に突っ伏し、満足そうに息を吐くカイラとユリン。

膣内から肉棒を引き抜くと、俺もほうから力を抜いた。

ふたりを満足させられたようで、ようやく安心だ。

「ふたり相手にするのは疲れたけど、これはなかなかの勲章だな」

目の前には、疲れ果ててだらしなく並んだ二つのお尻がある。

秘部からは中出しした精液が垂れていて、牡としての征服欲を満足させた。

こんな美少女たちを相手にハーレムプレイなんて、なかなか出来るものじゃないしな。

「ああ、そうだ。魔力の補給もしてもらわないと」

自然の流れで挿入をやめてしまったけれど、大丈夫だろうか？

「カイラ、今から魔力を受け渡してもらえるか？」

ふたりに近づいてカイラの肩を軽く叩くと、彼女が顔を上げる。

「うん、もうだいぶ慣れてきたから大丈夫だよ。ちょっと手をつないでくれる？」

「ああ、わかった」

彼女の右手の上に俺の左手を重ねる。

すると、いつものように体が熱いもので満たされていく感覚が始まった。

「おっ、ちゃんと来てるな。じゃあ俺も……」

いまだに少しグッタリしているユリンの左手に右手を重ねた。

そして、流れ込んでいる魔力の一部をそのまま彼女に渡していく。

「あぅ……はぁっ……熱い」

「カイラの魔力、ちゃんと感じてるか？　しっかり溜めとけよ」

「うん、分かってる」

彼女も会話くらいはできるようで、俺の言葉に頷いて見せた。

無事に魔力供給を終えた後は、三人でベッドに移動してぐっすり休むことに。

こうして、本格的な籠城戦が始まってから初めての夜が過ぎていくのだった。

最初の攻撃から数日、人類軍は鳴りを潜めたようにじっとしていた。

しかし、それは攻略を諦めたのとは違う。

四日目、急造したらしい木製の大盾を構えた歩兵部隊が進軍してきた。

ただ、城壁までは攻め入ることなく、塹壕を一本乗り越えたところで陣形を整え防御態勢に入ったのだ。とりあえず弓を射かけつつ何をしているのかと覗いてみれば、なんと後方から土砂を運んで塹壕の一部を埋め立てていた。

同じようなことが東西南北の様々な場所で行われて、徐々に塹壕が埋め立てられていく。

どうやら、攻城兵器が接近できるよう道路を作るつもりらしい。

「ハチロー、人類軍はずいぶんゆっくりした戦法に切り替えてきたわね」

「ああ、けどこれは有効だ。厄介だな……」

腕を組んでつぶやくと、カイラが首をかしげる。

「確かに塹壕を埋められたのは厄介だけど、コボルトたちにまた掘ってもらえばいいんじゃないのかしら？　彼らは土木工事のプロだもの」

実は、城壁と違って塹壕に関しては、カイラの持つ魔王の能力はあまり使われていない。

城壁と比べて塹壕は複雑に曲がりくねっており、コボルトたちの使う通路なども考えると彼女の技量では一度に作り出せないのだ。

なので、魔王の能力は最初の単純な溝を作ることだけに使った。

「確かにそうだが、今日一日でいったい何ヶ所塹壕が埋められた？」

「えっ？　あっ、そうだわ！」

カイラは何かに気付いたように、机に置かれている地図へ視線を向かわせた。

「いちばん多い西側で二十ヶ所以上、南北と東も合わせると五十ヶ所近いわ！」

「こっちのコボルト兵はせいぜいが千人ほど。一ヶ所二十人じゃ負担が大きい」

それに、万が一作業中に人類軍が攻撃をしかけてきたらどうなるか？

たった二十人じゃ対抗できないし、遠くの塹壕には城壁からの援護射撃も届きにくい。

「それに対して、人類軍は一ヶ所の工事に護衛を別にしても百人以上の人員を割り振れる。いくらコボルトが工事の達人だと言っても、復旧は追いつかないだろう」

「そうね、彼らは塹壕戦の要員でもあるし、無駄に消耗させられないわ」

「そういうことだ。城壁近くの塹壕になれば、さすがの向こうも悠長には作業していられないだろうが、それまでに出来るのは嫌がらせがせいぜいだな」

人類軍は圧倒的な戦力差を背景に、こちらをジワジワと締めつける作戦に出たようだ。

塹壕の埋め立てが三分の二ほども進めば、攻城塔を接近させて最上階に配置された弓兵が城壁と撃ち合うことになるだろう。

ただ、こちらも敵が塹壕の半分ほどまで進んでくれれば正確な射撃で迎撃できる。

そこから敵を進ませないようにするのが重要だな。

「ただ、敵が塹壕を埋めている間にはまだ時間が稼げる。戦いが長引けば向こうにとって不利だ」

「ふぅ……。そうね、こういうときこそ落ち着いて対応しないと」

カイラは一息つくと、冷静になって顔を上げた。

「戦いにも慣れてきたみたいだな。前はもっと慌ててたはずだが」

「わたしだっていつまでもお嬢様じゃないのよ！　しっかり魔王としてやっていけるんだから！」

「それは頼もしいな。じゃあ、今からそのリーダーシップを発揮してコボルト部隊を激励してくれるか？」

「えっ？　彼らは温存するんじゃなかったの？」

驚く顔を浮かべるカイラに、俺は地図を指さして説明する。

「相手を引き込んで戦うにも、自由にさせるのはいただけないんだよ」

作戦が順調に進んでいれば向こうの士気は上がる。逆にこっちは、無抵抗で防御陣地が破壊されると士気が下がる。

「コボルト部隊の負担を考えて数は絞るが、いくつかの進撃路は夜のうちに掘り直そうと考えているんだ」

「なるほど、ただではやられないということね！」

「ああ。明日作業する人類軍の兵士たちに、ちょっとしたお土産も渡したいしな」

こうして、昼間は申しわけ程度に妨害しつつ、夜中は数ヶ所で掘り直しの作業を行うことに。

翌日、一部の敵部隊は自分の担当した場所が掘り直されていることに落胆したようだが、仕方なく作業を始める。

しかし、その最中で事件が起こった。

塹壕の中へ土砂を投入しようとすると、突然地面が爆発したのだ。

規模は小さいので負傷者は出ていないようだが、その影響で作業は一時中断したらしい。

これが昨日言っていた人類軍へのお土産だ。

コボルトたちによって地面のすぐ下に爆薬が仕掛けられ、作業が始まる頃合いに爆発するようになっている。彼らは坑道などを掘るときに爆薬も使うので、その方面でもプロフェッショナルだ。

高度な時限装置などなくとも、狙いどおりの時間に爆発させるなどお手の物だった。

「うわっ、大きな音ね！　ここまで聞こえてきたわ！」

「他の部隊にも聞こえているだろうから、これを知らない敵は混乱するだろうな」

爆薬はそれほど量がないので、仕掛けたのは一ヶ所のみ。

それでも、これからは爆発を警戒してより慎重にならざるを得ないだろう。

敵の工事を遅らせたい俺たちからすれば十分な効果だ。

「この調子でどんどん攻略の予定が鈍ってくれれば万々歳だ」

はるか遠くで蠢いている人類軍を見据えながら、俺はそうつぶやいた。

◆　◆

籠城戦が始まってから一ヶ月ほどが経った。

いまだ戦線は塹壕のあたりだが、人類軍は確実に前進してきている。

しかし、初日以来城壁をめぐるような激しい争いは起こっておらず、城内は比較的ゆったりした時間が流れていた。

「ふぁぁ……おはようハチロー……」

食堂で朝食をとっていると、眠そうに眼をこすりながらカイラがやってきた。

ちょっとボーっとした様子で、なんだか眠そうだ。

控えていたメイドに案内され、椅子を引いてもらって腰かける。

「なんだか眠そうだな」

「昨日は夜まで報告書を読んでいたのよ。ふぁぁ……物資所情報とかね」

給仕によって目の前に程よい温かさのホットミルクが置かれると、彼女は両手で持ってゴクゴクと飲み始める。

「んぐっ、ふぅ……」

「カイラが積極的に仕事をしてくれるようになってこっちは助かるが、あまり無理はするなよ」

「大丈夫よ、書類に目を通してサインするだけだもの。分からないところは補佐官に尋ねるし」

籠城戦が安定しはじめると、実際に前線に立たないカイラは暇を持て余し始めた。

そこで、幹部たちに話を通して先代魔王の仕事の一部を引き継ぐことにしたのだ。

現在は各部署で分担しているが、やはりトップである魔王の承認があったほうがゴタゴタが少ない。

以前ならともかく、今のカイラには城壁を建造して人類軍の総攻撃を防いだという実績があるからな。

軍部はもちろん、行政府やエル・シ・ラーテの住民たちもカイラを尊敬するようになっていた。

「こっちはこっちでやることがあるから、昼間はあまり顔を合わせていないけど、順調なようだな」

「当たり前よ！　魔王として尊敬される、それに相応しい働きはしなくちゃいけないもの！」

「話している内に目も覚めてきたみたいだな」

ミルクを飲み終わると朝食が運ばれてきて、さっそく食事を始めるカイラ。

今日のメニューはトーストにゆで卵、新鮮なサラダに厚切りベーコンだ。

デザートに果物も出てきて、シンプルだけれど量もあって充実している。

もちろん、俺たちだけが特別に食べているわけではなく、平均的な朝食だ。

食事だけ見ても、城内の状況は良好と言えるだろう。

「……なんだか、こうして見ていると、とても籠城中の城主とは思えないね」

そう感想をこぼしたのは、一足先に朝食を終えていたユリンだ。

食事は俺たちと同じものだが、飲み物は遠慮してか白湯を頼んでいる。

「それだけ魔王軍の籠城が優秀ってことだな。俺も召喚されたばかりのころは、ここまでうまく行くとは思わなかったが」

正面切って戦うことも、逃げることもできない。

ほかに方法がないという理由で消極的に選んだ籠城戦だけれど、想像以上にうまくいっている。

今のところ城下町でも大きな問題が起きたという報告はなく、物資の貯蔵も十分だ。

おおざっぱな計算だが、このままの状況が続けば城内にある物資だけでも三年は籠城を続けられる。もちろん大きな戦いがあれば物資も人員も損耗してしまうが、それは向こうも同じ。

そして、遠く人類の国家から補給を送ってこなければならない向こうと違って、こちらは迅速な補給を可能とする手段を持っていた。

「よし、俺はそろそろ行くとするか」

「はむっ……予定があるの？」

「視察が数ヶ所。あとはいつもの定例会議だな」

「じゃあ夕方には合流できるわね。夕食は一緒にするわよ！」

「了解、魔王様」

食事を終えた俺は口元を拭き、席から立ち上がる。

身柄が俺預かりとなっているユリンも一緒だ。

最初はみんな彼女のことを警戒していたが、驚くほど従順なのでつい警戒を忘れてしまう。

俺と一緒に歩いているから、最近では顔も知られるようになっていた。

人類軍でもカリスマを発揮していたように元々人から好かれやすい性格なので、城下町に行くと事情を知らない魔族の子供たちなどにも人気だ。

そして彼女自身も、思ったよりここでの生活になじんでしまっていることに驚いているらしい。

視察ついでに城下町に向かうと、さっそく知り合いの子供に見つかって群がられる。

「あっ、ユリンお姉ちゃんだ！」

「昨日は飴くれてありがとう！　お返しにお花を摘んできたんだよ！」

数人の子供たちが彼女のもとに集まり、摘んだばかりらしい小さな花束を見せてくる。

「わっ、キレイだね。みんなありがとう！」

満面の笑みを浮かべてお礼を言うユリン。

彼女に喜んでもらえて子供たちも嬉しそうだ。

花束を上着のポケットに仕舞うと、子供たちに別れを告げて俺に合流する。

「どうだ、ここの魔族たちは？」

「うん、みんないい人たちだね。特に子供たちは無邪気だし」

「だろうな」

わざわざ言葉を続けなくても、俺が何を言いたいかは分かるのだろう。

少し複雑そうな表情をしつつ俺の後に続いて歩く。

「どうにかして、人類軍と魔王軍が争わない方法はなかったのかな？」

「難しかっただろう。何せお互い暮らすべき環境が違うのだから、共生はできない」

実は、最近の諜報活動によってある情報が流れてきた。

なんでも、人類軍は環境魔力の影響を抑える新薬を開発して兵士に投与しているらしい。

一見するとそれがあれば共生できそうな気もするが、そう上手くはいかないようだ。

効果時間は三時間程度と短めで、戦っている最中はともかく陣地にいる間は環境魔力の影響を受けて体調不良になる兵士が少なくないとか。

さらに、育成の難しい薬草を使うとかで大量生産も厳しいようだ。

今回の十万という敵兵の数も、なんとかこの薬が行きわたるギリギリらしい。

根本的な解決はなく、人類と魔族は生存圏を奪い合う関係から変われないのだ。

「もし互いが納得できる境界線を引ければ、平和に暮らせるかもしれないけどな」

「境界線かぁ……難しいね」

環境魔力の濃度には明確な境というものがない。

人類の勢力地にも局地的に環境魔力の濃い場所はあるし、魔族の勢力圏にも環境魔力が薄い場所はある。

ただ人類と違って、魔族には魔王という個人で環境を改変できる存在がいる。

この存在がアドバンテージとなって、両者の拮抗を崩しているのも事実だ。

しかし、今さらカイラを殺したところで、何百年にもわたって対立してきた両者が急に和解するとは思えない。

最低でも数十年の時間が必要になるし、その間に魔族は絶滅してしまうかもしれないからだ。

「まあ、今回の人類軍を撃退すれば、しばらくは小康状態になるという分析だ。向こうも大軍を遠征させるのに、かなりの無理をしているらしいからな」

この上、主目的である魔王の首をとれなければ厭戦気分が広がるだろう。

それこそが魔王軍にとっての勝機だった。

「そのためにはこの籠城を維持し続ける必要があるということだ。今日の視察先は、そのために重要な施設だからな」

そう言ってユリンを引き連れ、俺は城下町を東へ進んでいく。

しばらく進んでいくと、急に辺りが開けてきた。

「ここは……」

「住宅地の一部を改造した畑だ。今朝食べたサラダもここで出来てるんだぞ」

見渡す限りとまではいかないものの、かなり広い農場だ。

ここでは日持ちしない野菜などを育てていて、随時市場に供給している。

完全に自給は出来ないものの、籠城中も城下町で経済活動が継続できるのは大きい。

言い方は悪いものの、ただ閉じこもっているだけでは市民はお荷物だ。

しかし、今の魔王城では以前ほどではないものの、しっかり経済が回っている。

「この農場は籠城の大きな柱だな。そして、これから視察する場所ももう一つの大きな柱だ」

農場を横目に進み続けると、今度は何もないまっ平らで巨大な道が現れた。

ここも非難によって人口が減った住宅地を取り壊した場所だが、先ほどの場所とは違い耕されていない。

しかし、俺たちから少し離れた場所には多くの大人たちが荷車を用意して待機していた。

「ハチローくん、ここってまさか」

「ああ、ユリンの想像どおりだ。もうすぐ来るぞ」

俺が北の空を見上げると、遠くに黒い点のようなものが見える。

それは徐々にこちらへ近づいてきて、正体がはっきりしてきた。

「空飛ぶ竜、ワイバーン！」

ユリンが声を上げると共に、先頭が着陸した。

この長くて巨大な道路はワイバーンたちのための滑走路だ。

ワイバーンは平均的な成体で全長二十メートル。

特に大きな個体だと、三十メートルに達することもある。

離陸と着陸にはそれ相応の広い場所が必要だ。

そして、彼らは定期的に十から二十ほどの集団でやってくる。

それだけの数が一気に利用できる場所はもともと魔王城にはなく、こうして新たに滑走路を整備する必要があった。

しかし、畑の面積を少なくしてでも滑走路を作った価値はある。ワイバーンたちは、空路によって人類軍に邪魔されず物資を補給するという重要な役目があるからだ。

「よぉし、全員無事に着いたな！　すぐ荷物を取り外すぞ。彼らのための水と食料も用意を！」

ワイバーンの到着で待機していた魔族たちも動き出す。

ワイバーンはそれぞれ背中に一つか二つの木箱を背負っている。

中身は主に穀物や芋といった主食類。あとは、城内で生産の難しい日用品だ。

彼らの活躍によって、魔王城の市民は長期間の籠城でもきちんと文化的な生活が送れるよう配慮されている。

「ええと、今日の空輸隊は北東の港町クラウストックからだったな」

「そうだ、魚の干物も積んできたぞ」

「おぉ！　そりゃありがたい！　最近は肉ばかりで飽きていたんだ」

書類をチェックしていたリザードマンが笑うと、ワイバーンも満足そうに牙をむき出しにする。

ほかにも故郷の家族や、あるいは魔王城から避難した友人などからの手紙も運搬物の一つだ。

一見無駄な荷物に見えても、籠城を続ける兵士や市民の士気を高める重要な戦略物資だった。

物資の運び出しが終わるとワイバーンはその場に寝転んで休憩をはじめ、輸送担当の魔族たちは手紙に一喜一憂している。

彼らの引いてきた多数の荷車には、それぞれ山ほど物資が積まれていた。

「なるほど、戦場でワイバーンを見ないと思ったらこんな用途に使っていたんだね」

「ワイバーンは単体でも強力な戦力になる。最初は輸送部隊に使うと言ったら反対ばかりだったよ」

ワイバーン本人たちも、前線で戦うのではなく輸送部隊になるのは乗り気ではなかった。

しかし、カイラと共に粘り強く説得したことで、なんとか理解してもらえたのは幸いだ。

籠城も一ヶ月が経つと、彼らの存在も徐々に影響してきている。

例えば先ほどの魚介類や燃料になる油といったものはなかなか城内で生産できないので、ワイバーンの補給だよりだ。

籠城ということで節約しつつも、食卓のバリエーションを維持して夜中でも光を灯せるのは彼らのおかげだった。

「ここにきてしばらく時間が経つけど、本当に籠城のことを考えて作られているんだね、ここは」

ユリンが感心するようにつぶやくので、俺も少し嬉しい。

「一部はまだ改修中だぞ。今はカイラに協力してもらって、農場を地下に広げることを考えている」

「農場を地下に!?　それって、野菜は育つの？」

「それは少し考えていることがあってな。まだ実現できるかは不透明だが」

考えていることとは、光ファイバーかそれに似た装置の製作だ。

太陽の光を伝達させることができれば、土地の限られた城内でも農場の面積を広くできる。

幸いカイラの能力を使えば、地中から石英などの材料を取り出すことは容易だ。

ドワーフなどの力を借りてガラスの制作に取り掛かっているのだけれど、これが難航している。

まあ、元の世界だと十九世紀の技術だから無理もない。

今は単純な技術だけでなく、魔法方面からも何か役に立つものがないか調査中だ。

「色々と考えているんだね。これじゃあ兵糧攻めをしようと思ったら何年かかることやら……」

「間違いなく、先に人類軍の補給が維持できなくなるだろうな」

現在はまだ十分に物資が行き届いているようだが、それがいつまで続くか分からない。

戦いが長期化すれば兵士たちの士気も落ちるだろう。

その士気を高める勇者は、今俺の横で捕虜になっている。

「こうしてみると、このまま城を包囲しても意味があるのか怪しくなってくるね」

「ほう、ユリンがそんなことを言うとはな。魔王の討伐も諦めてくれるか？」

「それはまだ約束できないかな。僕は故郷の村でもはぐれ魔族と戦ってた。仲間たちとずっといっしょに魔族から人間の生活を守るために戦ってきたんだ。人類軍の司令官さんや将軍さんにも、魔王を倒せば戦いが終わると言われてるし……」

そう言いつつも悩む表情を見せるユリン。

城門での戦いのときは容赦なくカイラを殺そうとしていたけれど、今はかなり迷っているようだ。

そこで、俺はもう少し揺さぶりをかけてみることに。

「司令官の言葉か……。それは本当に本心からの言葉かな？」

「えっ？　ど、どういうことなの？」

彼女は驚いた表情でこちらを向く。

どうやら興味を持ってくれたようだ。

「魔王を倒したからといって、人類軍がそこで戦いを終わりにするかということだ」

「だって、みんな魔王を倒すためにここまで来ているんだよ！」

「確かに一番の目的はそうだろう。しかし、個人的な復讐心や魔王城に溜め込まれている財貨に興味があるやつもいるはずだ。他にも単純に魔王を討ち取って名を上げたい者や、討伐の功績を故郷での政治に利用したい貴族とかも混じってるだろうな」

「そ、そんな人たちが……？」

「全部が全部そうじゃないだろうが、一定数混じっているのは間違いない」

それにきっと、人類軍の中でも立場の強弱がある。

極端に言えば数万の軍を派遣している大国の将軍と、一千に満たない義勇軍の隊長だ。

会議で同じテーブルについていても、発言力には雲泥の差があるだろう。

いずれ争いが発生することは間違いない。

その原因の一つは、間違いなく物資の補給をめぐるものだろうな。

どの軍の長だって、自分の兵隊を良い環境で戦わせてやりたいものだ。

そんなことを考えていると、一つアイデアが思い浮かんだ。

「そうだ、一度休戦を提案してみようか」

「えっ、休戦を？」

「ああ、まず応じないとは思うけれど、向こうの出方を見られる」

休戦することで、人類軍のメリットになることはほとんどない。

時間が経つにつれて、魔王軍は城を籠城に最適な形に改造していくからだ。

「いずれにせよすぐに返事が来れば、向こうの指揮官たちの考えは一致して団結力があるということ。けれど、返事が遅れるならば会議が纏まらず団結出来ていないということだ」

意思が結束できていなければ、つけ入る隙も生まれる。

まあ、向こうもそれぐらいは分かっていそうだけれど。

手紙を送るだけならタダみたいなものだから、やってみていいんじゃないか。

「さて、そうと決まればさっそく準備だ」

「えっ、ちょっと待ってよ！」

俺はユリンを引きつれて城へ戻り、幹部たちに事情を説明して手紙を書く。

戦いも一ヶ月が過ぎたことで彼らも相手の反応が見たいらしく、この案には賛成してくれた。

そして、その日の夜のうちに夜目の利くインプによって手紙が敵陣に運ばれるのだった。

◆　◆

「むぅ、こんなものを送ってくるとは……」

人類軍の司令部がある天幕で、総司令官を務める男が手紙を広げていた。

天幕には各部隊の指揮官も集まっていて、毎朝の定例会議が開かれているところだ。

「全員、よく聞いてほしい。魔王軍から休戦の提案があった」

彼がそう言うと、すぐ近くに座っていた中年の男性が怒り顔になる。

「休戦だと？　なんと忌々しい！　どうせ防備を固める時間が欲しいだけだ！」

すると、会議の中では次々賛成の声が上がる。

「休戦ということは一時撤退することになるだろう。本国にどう連絡して納得してもらうというのか？」

「将軍の言うとおり、包囲を解くべきではありません。むしろ攻勢をかけるべきかと！」

「私は無理攻めには反対だが、確かに休戦は百害あって一利なしだ」

会議に出席している者たちは口々に反対している。

多少の見解の相違はあるものの、おおむね休戦するつもりはないようだ。

しかし、そこで一部の者が疑問の声を上げた。

「少し意見させていただきたい」

「おぬしは、確か義勇軍の隊長だったな」

「はい、司令官。意見というのは、私の管轄する義勇軍についてです。ほかの部隊に比べて我が隊の数は少ないのはご存じのとおり。しかし、連日の塹壕を埋め立てる作業では同じだけの働きを求められています。交代要員が少ないので、疲労がたまっております」

「ふむ……それで、まさか兵を休ませるために休戦に応じたいと？」

「そうまでは申しません。私も休戦が悪手だとは分かっています。しかし、せめて負担の軽減をお願いしたい」

ここまで有志の部隊を率いてきただけあって、強大な軍を率いる彼相手にも物怖じしない態度だ。

彼の言葉を受けて、司令官は一瞬、会議に参加している面々を確認する。

どうやら一堂も、司令官がどう出るか観察しているらしい。

表向き魔王討伐のために協力しているとはいえ、実態は数多の国の部隊からなる連合軍だ。

水面下では人類軍の主導権争いが起こっている。

ここで司令官としては弱みを見せるわけにはいかないが、小勢力とはいえ安易に要請を断ってしまえば角が立つ。

誰もが理解を示す答えを出すという、難しい判断を迫られていた。

「ふむ……」

数秒沈黙すると、考えが纏まったのか義勇軍の隊長に答える。

「確かに、作業の持ち回りは部隊ごとになっていたな。負担が多かったというのなら、それを軽減しなければならないだろう」

「ご理解いただけたようで幸いです。我々も当初は今の人数で十分だと思っていたのですが、魔王軍の抵抗が激しく……」

数は少ないとはいえ、せっかく埋めた塹壕が掘り返されていると士気が下がる。

それに、城壁に近づくにつれて弓矢や魔法の射撃も正確になっていた。

現在は各方面で半分ほど通路が完成しているが、抵抗は当初の何倍も激しくなっている。

疲労の溜まった状況で危険に身を晒すのは、必然的に兵士たちの精神を蝕んだ。

これはどこの部隊も同じことだが、交代要員の少ない義勇軍では特に影響があったようだ。

「よろしい、では通路が完成するまで私の直属部隊から一千ほどを選び出して、義勇軍と共闘させよう」

「感謝いたします、司令官閣下！」

義勇軍の隊長が礼をすると、それで会議の場にも納得したような雰囲気が広がる。

それを見て司令官は内心、胸を撫でおろした。

まだ人類軍は彼の指揮下で纏まっている。

それは、表立って休戦を求めてくるほどに戦意が低い部隊がいないということでもあった。

さっそく休戦拒否の手紙が書かれ、騎兵によって城内に撃ち込まれることに。

その他の日常的な報告も終えると、指揮官たちは自分の部隊の元へと帰っていった。

総司令官は指で目頭をほぐしつつ、軽く息を吐く。

「今回は上手く切り抜けたが……おのれ魔王め、厄介なことをしてくれる」

特に問題だったのは、義勇軍の隊長だ。

これまでの毎朝の会議では、彼が何か特別な意見をすることはなかった。

義勇軍は人類軍の中でも少数の部隊であり、発言力が小さいからだ。

しかし、今回は魔王軍からの手紙を利用して自分の要求を通した。

今後も同じように休戦提案の手紙が来れば、回を重ねるごとに独自の意見をする者が出てくるだろう。それは、彼の指揮権が揺らいでいくことを意味する。

もし休戦提案を本気で議論するようなことになれば最悪だ。

「まったく、こんなことを考えるとは忌々しい連中だな。今すぐ叩き潰してやりたいものだ」

彼は机の下から秘蔵の酒を取り出すと、グラスに注いであおる。

常に油断を見せない彼が昼間から酒を飲むのはまれで、それだけ手紙を送ってきた相手に憤っているということだった。

「どうせまた同じ男だろう。見事に勇者を捕虜にしてくれた魔王の側近とやら……城を攻め落としたら、広場に吊るしてくれるわ！」

悪態をつきながらも、彼はまたグラスを傾けるのだった。

◆　◆

人類軍に送った休戦提案の手紙は、昼までに帰ってきた。

どうやらまだ人類軍は団結して、カイラの首を狙っているらしい。

ユリンを失って早々に士気が崩壊するかと思ったが、予想以上にしっかり統率されているようだ。

「これはどこかで一度、大打撃を与えないといけないな」

塹壕をめぐる争いでも敵に出血を強要しているけれど、人類軍全体からすれば微々たる数だ。

戦いは膠着状態と言ってよいものの、依然として相手は十万近い戦力を保持している。

油断はまったく出来ない状態だ。

万が一にも、一ヶ所でも城門が破られればすべてが終わってしまうだろう。

「ふう、仕事をすませてもあまり気を抜けないな。どこかの部隊が逸《はや》って突撃してきてくれればいいのに」

今日の仕事を終え、自室に戻った俺は真っ先にベッドで横になった。

元々カイラのアドバイザー的な立ち位置だったはずが、すっかり会議では幹部のひとり扱いされている。正式には魔王補佐官という役職を貰って、日々城内の各場所を巡回視察して、異常がないか調べるのが仕事だ。

お蔭で顔が広くなったのはよいが、あちこち動き回るので疲れてしまう。

あまりカイラの傍にいることもできないしな。

「ああ、そうだ。寝る前にシャワーを浴びてこないと」

地下水が豊富なので、籠城時でも水を贅沢に使えるのは最高だ。

浴室のほうに向かおうとすると、扉を開けたところでちょうどカイラと鉢合わせしてしまった。

後ろにはイライザはもちろん、なぜかユリンまで一緒にいる。

「きゃっ⁉　って、ハチローじゃない。もう、びっくりしたわ、急に扉を開けないでほしいわよ！」

「悪い、気付かなかったんだ。それで、こんなところでみんな、どうしたんだ？」

確かカイラは今日は、幹部たちと食事をする予定だったはず。

配下と親交を深めるのも、今の彼女には重要だからな。

先代魔王のときの話など、幹部に聞きたいことは色々あるだろうし。

「ああ、それなら今さっき終わったわ。もう今日は予定がないから、ハチローのところに行こうと思って」

「なんだ、カイラのほうから来てもらわなくても呼べば行くのに」

「それは分かってるけど、ハチローもここのところ仕事続きで疲れているんじゃないかしら？」

「まあ、多少はな」

だからこそ、これからゆっくりシャワーを浴びてリフレッシュしようと思ってたんだが。

そこで、俺はようやくカイラの表情がいつもと違うことに気付いた。

オドオドしているというか、落ち着きがない。いつもの自信たっぷりな彼女とは少し違っている。

「どうしたんだ？」

「いや、ええと……」

切り出すのを迷うように視線をそらすカイラ。そんな彼女に、背後からユリンが近づいて肩を叩いた。

「ひゃっ！」

「なにグズグズしてるの？　正直にご奉仕しに来たって言っちゃえばいいのに」

「ちょっ、ちょっとあなたっ！」

背後からのストレートな言葉に、カイラは顔を真っ赤にして振り返る。ユリンも最初はカイラのことを殺そうとしていたのに、今では弄りがいのある友人のように接していた。

まだ内心で悩んでいる部分はあるようだが、俺としては殺さないでくれるだけで十分だ。

カイラも命を狙われた相手なのですごく警戒していたようだけれど、彼女の生来の人の好さにあてられて、無意識に態度が軟化している。

ただ、今回は完全に奇襲されたようで慌てていた。

残念ながら、俺はしっかりユリンの言葉を聞いてしまったけどな。

「ほうほう、ご奉仕だって？」

「あうっ……」

こっちに顔を戻したカイラは見事に顔が赤く、恥ずかしそうな表情をしていた。

それでもこのまま沈黙するのは嫌だったのか、なんとか言葉を絞り出す。

「イ、イライザのアイデアだったのよ！　普段セックスするのは魔力補給のときだけだから、たまには日ごろの働きへの褒美を与えたらどうかって！」

「ほう、なるほど」

イライザのほうへ視線を向けると、彼女は表情を変えずに小さく頷く。

「おおむねカイラ様の言うとおりです。ハチローさんは今や魔王軍にとって必要不可欠な存在ですし、働きに報いるのは当たり前かと」

「まあ、衣食住の世話はしてもらってるけど給料は貰ってないからな」

基本的にお金は持ち歩かないし、城下町でも飯屋以外には入らない。

必要なものはすべて城で用意してもらえるからだ。

ただ、褒美を貰えるというなら喜んで受け取ろう。

「カイラも納得してるってことだな？　じゃあ、お言葉に甘えて楽しませてもらおう」

「ううっ……確かにご褒美は与えるけど、調子に乗ったら許さないわよっ！」

思わず笑みを浮かべると、すかさずカイラにクギを刺されてしまう。

「分かったよ、ほどほどにな」

とりあえず俺は彼女たちを部屋の中に招く。

さっきまで横になっていたからシーツが少し皺になっているが、まあこれからもっとグチャグチャになるので構わないだろう。

最初にカイラがベッドへ腰を下ろしたので、その隣に座る。

イライザとユリンはさらに両側から俺たちを挟むように座る。

「な、なんでわたしの横に……」

「褒美を貰うんだから、相手はカイラしかいないよな。さあ、何をしてくれるんだ？」

そう問いかけると、彼女は無言で少し悩んだ末に俺を見上げる。

「ハチロー、そのまま目を閉じてなさいっ！」

「ほほう、なるほど？」

「いいから早くっ！」

真っ赤になっているのも可愛いなと思いつつ、言われたとおり目を閉じる。

すると、カイラが近づいてくる気配があって唇に何かが押しつけられた。

ゆっくり目を開くと、目の前には顔を赤くしつつキスしてくる彼女の姿が。

「ッ！　め、目を閉じていてッて言ったじゃない！」

「いきなりキスされたもんでビックリしてな。まさかカイラに、こんなことをしてもらえるとは思わなかった」

正直に言うと、彼女はますます顔を赤くする。

「言っておくけれど、わたしのアイデアじゃないわよ!?　イライザがこうすればいいって……」

「あら、けっきょく採用されたのはカイラ様ではないですか」

そこで話を聞いていたイライザが口を挟んでくる。

「なっ⁉　イライザあなたっ！」

最も信頼できる相手の裏切りに、目を白黒させるカイラ。

俺はその隙に、彼女の肩に手を回してベッドに押し倒した。

「きゃあっ！　なっ、何するのよっ⁉」

「何って、まさかキスしてくれただけで終わりなのか？」

「それは……」

上から見下ろすように問いかけると、彼女は視線を逸らす。

そのまましばらく見つめ続けると、観念したように息を吐いた。

「もうっ、分かったわよ！　すればいいんでしょう⁉」

彼女は逆切れ気味にそう言うと、横になったまま俺のズボンに手をかけた。

ベルトを緩めると、俺の右隣にいたイライザも手を出してくる。

「お手伝いさせていただきます」

カイラだけでは上手くできないので、彼女も協力するらしい。

瞬く間に下着ごとズボンを脱がされて、肉棒が露出する。

「あ、あれっ？　なんでもうこんなに……」

カイラが驚いたように目を丸くした。

彼女の視線の先では、すでに肉棒が力を漲らせて矛先をカイラに向けている。

「そりゃあ、あのカイラが奉仕してくれるっていうんだからな。思わず期待してしまったわけだ」

「うっ、直接言われるとさすがに恥ずかしいわね……」

そう言いながらも、彼女は手を動かして肉棒へ触れる。

そして感触を確かめるように何度か握り直すと、そのまましごき始めた。

彼女の手が前後に動くたび、肉棒にはさらに血が集まっていった。

「あうっ……なにこれ、どんどん硬くなってる……」

「カイラの手コキが思ったより気持ちよくて興奮してるんだ」

「そ、そうなの？　ふぅん、こんなのでも喜んじゃうのね……」

俺の反応に気をよくしたのか、手の動きが少し速くなる。

スベスベの手に奉仕される快感を味わいながら、俺のほうからもお返しすることに。

片手で体を支えながら、もう一方の手を使って衣装をはだけていく。

「あっ、ちょっと！」

「そのままじゃ暑苦しそうだからな。特にここはっ！」

胸元に手をやり、たっぷりと重量感のある美巨乳を解放する。すると、ゆさっと揺れながら真っ白な巨峰が晒され、その頂点にあるピンク色の乳首も露になった。

「や、やだっ！　イライザとユリンもいるのにっ！」

他人の目があると気になるらしい。ギュッと唇を結びながら、目を伏せて羞恥に耐えるカイラ。

そんな表情もなかなか可愛いと思うが、奉仕の手も止まってしまっているな。

「なるほど、恥ずかしいと。じゃあ、条件を同じにしてやればいいんじゃないか？」

俺はそう言いながら、左右のユリンとイライザへ目くばせした。

「あはは……ここにいるってことは、ボクも強制参加するってことだよねぇ」

「カイラ様のためならば」

ユリンは苦笑いしつつ、イライザは迷うことなく服をはだけはじめる。

イライザの場合容易には脱げないので、ピチピチのスーツをビリビリと破りながら谷間を晒すことになるが、迷う様子はない。以前、俺が破ったときもそれほど気にしてなかったようだから、予備がたくさんあるか、魔法での修復が容易なんだろう。

それにしても、タイツ地の衣装がビリビリに破けるのはなかなか背徳感があっていいな。

「そんな、みんなも……」

「これで、自分だけが恥ずかしくはないだろう？」

「それはそうだけれど……んっ、やっ！」

油断していた彼女の隙をつき、今度は手を股間に割り込ませる。

そして、下着の上から秘部を刺激し始めた。

「ま、待って！　そこはっ、ひゃうんっ！　ひぃっ、あふううぅぅっ！」

指を動かすと、それだけでカイラの口から嬌声が上がった。

もうそれだけ体が興奮してしまっているんだろう。

「キスと軽い愛撫だけで準備が整っているとはな。カイラもエロくなったものだ」

「誰がこんなふうにしたのよっ！　あうっ、また体が熱く……はぁっ、くぅぅっ！」

指先をクイっと動かすだけで彼女の口から声が漏れる。

自分の手でカイラを喘がせているのは心地よく、つい夢中になってしまいそうだ。

そんなとき、左隣から声をかけられた。

「ハチローくん、あんまりいじめるようなことをしたら可愛そうだよ？」

「なんだ、カイラを庇うのか？」

「魔王がどうとかじゃなくて、女の子同士としての援護だよ」

ユリンはそのまま、俺の腕に体を押しつけてくる。

カイラに勝るとも劣らない豊満な乳房が腕を挟み、極上の感触を伝えてきた。

「それに、さっきのキスを見てたらボクもしたくなっちゃった……」

そう言いながら、うっとりした目を向けてくる。

俺は断るわけにもいかず、彼女の望みどおり唇を奪った。

「んっ、ひゃんっ……はむ、ちゅっ、ちゅうっ！」

唇同士を積極的にこすり合わせ、互いを刺激し合う。

そして、カイラが愛撫で乱れて手を放してしまった肉棒に、今度はユリンの手が巻きついた。

「うわっ、もうガチガチだね。そんなにカイラの中に入れたい？」

「褒美をくれるっていうんだから、たっぷり楽しまないと損だろう」

「それ、ボクを見つめながら言うかなぁ」

彼女は苦笑いしつつ、しっかり手を動かして刺激してくる。

三人の中で最も経験が浅いので、テクニックも拙《つたな》い。

けれど、正義のために戦う彼女の手で奉仕されているというのは、男心をくすぐられた。

「もうボクの手も先走りでドロドロになっちゃう。これならカイラに入れても大丈夫そうだね」

「一戦終わったら、今度はユリンの相手をしてやるよ」

「だから期待して待ってろっていうの？　まったく酷いね！」

ユリンは名残惜し気な表情をしつつも、俺をキスから解放する。

もう一度カイラのほうを向くと、彼女はすでに準備万端な様子だった。

横にはイライザが座って、快感で動けない彼女の代わりに足を押さえ、広げている。

「はぁ、はぁっ……待ってイライザ、この体勢すごく恥ずかしいっ！　大事なところが丸見えじゃないっ！」

「ですが、そのほうが殿方を誘惑するには好都合です。ほら……」

イライザの視線の先には限界まで勃起した肉棒がある。

つられて視線を動かしたカイラも、思わずゴクッと唾を飲み込んだ。

「ま、待って、そんなの入れられたら……」

「大丈夫だ、そのために体を解したんだろう？」

俺は笑みを浮かべると、肉棒の先端を秘部をに押し当てる。

その瞬間、彼女の体がビクッと震えて反応した。

「あうっ、熱いっ……！」

「押し当てただけで中から蜜が溢れてくる、これは楽しみだな。入れるぞ」

「えっ？　やっ、ちょっと！　ひっ、んぎゅううううぅぅうううっ!?」

カイラが動揺している内に、俺は一気に腰を前に突き出す。

たっぷりと濡れた膣内に肉棒が入り込み、肉ヒダをかき分けて奥まで進んでいった。

「ひっ、んはあぁぁぁぁっ！　ぐっ、はひゅぅっ！　一気に、奥までぇ……」

予想どおり、カイラの膣内は愛液まみれで解れていた。

もともと俺の形に慣れているのもあって、あっさり子宮口まで通してしまう。

そして俺はそこで腰を止めず、すぐにピストンし始めた。

「あぐっ、はひぅっ！　やだっ、中がグチャグチャにっ……あうっ、へぁっ……んっ、いぃぃっ！」

立て続けに快感を与えられて、カイラは体勢を立て直すチャンスがない。

もうすっかり快楽に蕩けた表情を俺に晒していた。豊かな金髪もベッドに広がりとても綺麗だ。

腰を打ちつける度に揺れる巨乳にも興奮を誘われる。

「これは最高の褒美だな」

「あぅ、んんっ！　はぁっ……こんなに好き勝手して、あうっ！　わたしはたまらないわよっ！」

「そう怒らないでくれよ、たっぷり気持ちよくしてやるから」

「えっ？　ひあぁっ!?　ひっ、そこっ、だめぇぇっ！　お腹の奥がゾクゾクするのっ!!」

俺は腰の動かし方を変えて、膣奥を刺激するようにしてやる。

普段は鈍感な部分だけれど、肉棒で突き解していくうちに立派な性感帯になった。

俺に一から開発された分、快感を与えられたときの反応もいい。

それを楽しみながら、遠慮なくピストンを続ける。

「さあさあ、もっと喘げっ！」

「はぁ、はぁっ……あぐぅぅっ！　ちょ、ちょっと腰休めて……きゃうっ!?」

手加減せずに腰を前に突き出すと、最奥を突かれたカイラが可愛らしい嬌声を上げた。

どうやら自分で想像していたより刺激が強いようで、イライザへ助けを求めるように手を伸ばす。

「イ、イライザッ！　この変態を止めないさいよっ！　やっ、あぐっ！　またっ……」

「あんなに挑発してしまったんですから、甘んじて欲望を受け止めてくださいませ。それに私は今、とても忙しいので……んっ、ちゅ……はぁっ」

しかし、本来彼女を守る親衛隊隊長という立場にあるイライザが、救援を拒否した。

何故なら、俺の腕を胸の谷間に抱きながら、その体を押しつけているからだ。

カイラに挿入した後、もはや手助けは要らないと判断したのか、すぐに横にやってきた。

そして、そのまま俺の興奮をさらに高めるように奉仕してくれている。

「ハチローさん、もっとカイラ様と共に楽しんでくださいませ」

「俺はイライザの奉仕も楽しみたいけどな。今度は一対一でしてくれ」

「考えておきます。ん、ちゅっ、れろぉ……」

ふたりより一回りは大きな爆乳サイズの乳房を押しつけながら、ねっとりとキスしてくるイライザ。テクニックも極上で、思わずカイラの中でますます肉棒を硬くしてしまう。

さらに反対側からは、相変わらずユリンが抱き着いてきていた。

「カイラがこんなに乱れちゃって、もうされるがままだね。ハチローくん、ボクより勇者に向いてるかもよ？」

クスクスと面白そうな笑みを浮かべながら、首や耳元にキスしてくる。イライザよりは控えめだけれど、あの女勇者にこんな奉仕をしてもらっていると思うだけで強い満足感を味わえた。

「カイラをイかせたら、ふたりにもたっぷり相手をしてもらうぞ」

「あああぁぁっ!?　ちょっと、また腰が速く……あひいいぃぃいいっ!!　待って！　ダメっ！　こんなのすぐイっちゃうからぁっ！」

彼女の腰を両手で掴み、一気にピストンを加速させる。

三人の美女たちとのハーレムプレイに、俺の体もそろそろ限界だった。

「カイラ、このまま中に出すぞ！　いいな？」

「い、いいからっ！　もうっ、限界っ……はやくっ！」

彼女はそう言うと、俺の腰に足を絡みつけてきた。

それほど力は入っていないが、膣内射精を促すような動きに欲望を刺激される。

俺はそのまま彼女を逃がさず肉棒を打ち込み、最奥で欲望を解き放った。

腰が震えると共に熱い白濁液が子宮に注ぎ込まれ、その熱量でカイラの体も限界を迎える。

「ひいいぃぃいいいっ!?　熱いっ、お腹の中溶けちゃうっ！　だめっ、ああっ！　ひあああぁぁあああぁぁっ!!」

カイラは思わず両手でシーツを握りしめ、だらしなく口を開いて嬌声を上げた。

全身に快感が駆け巡って背筋は弓なりになり、その反動で巨乳が揺れる。

限界まで快楽を溜め込んだ蕾が一気に花開いたように、そのときの彼女は淫らだった。

「あぁぁぁっ……イクッ、まだイってるのぉ……」

精液をすべて注ぎ込んだ後も、ビクビクと腰を震わせているカイラ。

その姿を見ていると連戦してしまいたくなるが、ユリンたちとの約束もあるからな。

腰を離して肉棒を引き抜くと、ようやく緊張が途切れたように彼女の体から力が抜ける。

「はぁはぁっ、ふぅぅ……もう、これ以上は無理だわ」

「しっかり休んでおけよ。ユリンたちが終わったらまた相手してもらうからな」

「はっ？　な、なんですって!?」

思わず体を起こし、目を丸くして驚くカイラを見て俺は笑う。

「まだ夜は長いんだ。せっかくのご褒美だから、たっぷり楽しませてもらおうじゃないか」

そう言ってやると、カイラは俺を見て引きつった笑みを浮かべる。

どうせ思いっきりイって腰が抜けているんだから、ベッドからは逃げられない。

結局その夜は彼女が泣いて謝っても解放せず、疲れ果てて眠ってしまうまで犯したのだった。

第四章　人類軍との決戦

「ふふっ、これならどうかなっ！」

「ふっ、はぁぁっ！　さすがに速いですねっ！」

俺の目の前では、ユリンとイライザのふたりが刃を交えていた。

もちろん本気の殺し合いではなく、体を鈍らせないようにするための鍛錬だ。

双方とも人間離れした身体能力をしているので、俺の目では追いつかない。

金属がぶつかり合う音が聞こえて、それで武器を打ち合わせているのが分かるくらいだ。

それから数分もすると、彼女たちは互いに示し合わせたように距離をとって鍛錬を終わりにする。

何も合図をしていないのにこんなことができるなんて、やはり戦いに身を置いた戦士ならではなんだろうか。

「あっ、ハチローくん！　練習場に来るなんてどうしたの？」

ベンチにいる俺に気付いたユリンが駆け寄ってきた。

「ああ。カイラに、午後からの会議にイライザも出席してほしいから呼んでこいって言われてな」

「午後からと言うと、防衛部隊の訓練計画についての将軍との会議ですね。分かりました」

すでにエル・シ・ラーテでの籠城開始から四ヶ月もの時間が過ぎていた。

あれからも人類軍との攻防は続いており、双方が徐々に消耗しつつある。

まだ城壁を突破されてはいないものの、散発的な戦闘が続いていた。

中でも大きな変化は、人類軍が新たな攻城兵器を投入してきたことだ。

十数キロもの鋼鉄の砲弾を投射する大砲。それが彼らの新兵器だった。

既存の投射兵器であるカタパルトやバリスタよりも射程距離が長く、威力も大きい。

人類軍はこちらの弓や魔法が届かない距離から大砲を打ち込んできたのだ。

幸いカイラの作り上げた城壁は堅牢で、原始的な大砲の攻撃では崩れない。

しかし、援護射撃の元で歩兵が前進し、城壁までの突撃路を作り上げていったのだ。

おかげで当初から建設の続けられていた突撃路の内、三分の二ほどが城壁までたどり着いてしまっている。

将軍たちの意見と諜報の結果を合わせれば、そう遠くないうちに人類軍が大攻勢を仕掛けてくる可能性が高いとか。

おかげで最近は対策会議が多く、カイラも少し疲れ気味のようだ。

「でも、会議まではまだ時間があるよね。だったら三人でお昼ご飯にしない？」

「でしたら、ちょうどいいお店を知っています」

ユリンの提案にイライザが答え、一緒に昼食をとることに。

その前に汗をかいたふたりが着替えるということで更衣室に向かったのだが、なぜか俺もユリンに引っ張られて、そこに連れていかれてしまう。

そしてそのまま、部屋の中には入らず建物の裏に回ることに。

辺りに人気がなくなり、ユリンとイライザが俺に熱い視線を向けてくる。

「これはどういうことだ？」

「ふふっ、ちょっと体が火照ってムラムラしちゃったんだよね」

俺から見て左側にいるユリンは、そう言うと徐々に近づいてくる。

運動の後だから汗の匂いが漂ってきて、嗅覚を刺激した。

「最近は敵の攻勢に備える準備でお忙しいようで、体を重ねるのも最低限でしたね。色々と溜まっていいるのではと思いまして」

そう言いながら、今度はイライザが右から迫ってくる。

彼女の場合、もともと体の浮き出るような衣装だけれど、それが汗で肌に張りついてよりエロくなっている。

こちらからも、女性らしい汗の匂いが漂っている。

まるで、欲望を引き出すための香《こう》でも焚かれているようだ。

始めはどうしたものかと困っていたけれど、だんだんその気になっている自分に気付く。

「カイラに怒られるから、あまり長居はできないぞ」

「大丈夫だって。ボクたちがサクッと抜いてあげるからさっ！」

「全力でご奉仕させていただきます」

彼女たちはそう言うと、俺の前でしゃがみ込む。

そして、示し合わせたように同時にズボンへ手をかけた。

ユリンがベルトを緩め、イライザが下にズリ下げる。

肉棒が露になると、彼女たちは一緒に顔を寄せてきた。

「んふっ、はぁ……お城からここまで歩いてきたからかな、ちょっと蒸れてるね」

「それはお互い様です。でも、私もこういうのは嫌いではありません」

これからどうするのかと思っていると、先に動いたのはユリンだった。

「じゃあ、一口目はいただきます。はぁむっ！」

「うおっ！　こいつ、躊躇なく……」

彼女は大胆に口を開けると、先端から肉棒を咥えた。

「んむっ、れろ、れろ、ちゅうぅぅっ！」

ユリンはそのまま肉棒を口の中で転がし、舌で舐め始める。

生暖かい感触とともに、巧みな舌による愛撫は急速に性感を高めていった。

「残念です、先手は取られてしまいましたね。ですが、私もただ見ているわけにはいきませんので」

イライザは俺の腰に手を回し、太ももに分かりやすく爆乳を押し当ててくる。

ぴっちりした衣装は、その柔らかさをほとんど損なうことなく俺に伝えた。

その上で股間に顔を近づけ、肉棒の付け根からぶら下がっている陰嚢に舌を伸ばした。

「んっ、れろっ……重くてたくましいですね、今もここで精液を作っているんでしょうか」

煽るような言葉と共に、丹念な玉舐め奉仕をするイライザ。

今も積極的にフェラチオしているユリンも合わせて、否が応でも興奮してしまう。

「はふっ、んんっ！　えほっ！　はふぅ……。口の中でどんどんおっきくなってきて、もう咥えていられないよぉ」

グングンと勃起して上向いた肉棒に、ユリンがギブアップする。

口内から解放すると、肉棒全体が彼女の唾液で濡れていた。

「どうやらユリンひとりじゃ荷が重そうだな。イライザ、手伝ってやってくれるか？」

「はい、分かりました」

彼女は玉袋から離した舌を、そのまま肉棒へ伸ばす。

「じゃあ、イライザさんがそっちならボクはこっちだね」

ユリンも自分ひとりじゃきついと考えたのか、あっさり受け入れた。

そして、左右からふたりによるWフェラが始まる。

「はむっ、ちゅぶるっ！　れろ、れろ、れろぉっ！」

ユリンは横笛を吹くときのように肉棒を咥えて、それを刺激していく。

唇はもちろん舌も使い、まるでディープキスするかのようなエロい奉仕だ。

しかもプロの娼婦のように堂に入ったもので、快感もかなり強い。

「おいおい、こんなのいつの間に勉強したんだ？」

「はむ？　ふふっ、城下町で仲良くなった女の子に教えてもらったんだよ」

「ああ、なるほど……」

最近はわりと信頼され、自由になっているユリンは、暇があれば街へ出かけているのを見るので、もう俺やカイラより詳しいかもしれない。

知り合いも着々と増やしているらしく、今や幹部会議に出席する魔族の半分が彼女と食事を共にしたことがあるとか。

勇者ということで警戒されていなければ、今頃すべての幹部と仲良くなっていたかもしれない。

やはり、ユリンの真に恐れるべきは武力ではなく、そのカリスマ性だな。

「むっ。なにか考え事してる？」

「ああ、ユリンのことについて少し考えていた」

「本当？　だったらちょっと嬉しいかも。サービスしちゃうねっ！　んじゅっ、れるっ、ぢゅううううぅっ！」

「あっ、おい！　くっ！」

肉棒の根元から先端まで、卑猥な水音を立てながら吸いつくユリン。

恥ずかしがることもなく、こんなエロいことをやってのけるあたりは彼女らしい。

一方のイライザだが、彼女は派手なことはせず堅実に奉仕を続けている。

ユリンの奉仕を見て邪魔にならないようにしつつも、しっかり唇と舌で刺激してくる。

俺のことを見上げて反応を見つつ舌を動かすから、地味でも着実に快感が溜まっていった。

「イライザも、なかなか上手いじゃないか」

「お褒めいただき光栄です。遠慮せずそのまま気持ちよくなってくださいませ」

彼女は上目遣いでこちらを見つめながら、丁寧に肉棒へ舌を這わせる。

本当に尊いものを扱っているような錯覚さえして、思わず背徳感が刺激されてしまった。

「はむ、んもっ……ぺろっ、れろっ……じゅぷぷっ！　どんどん硬くなってきますね」

「んじゅっ、れろっ！　ちゅちゅっ、はむぅ……どお？　ハチローくん、気持ちいい？」

「あ、ああ……すごくいいよ……」

イライザとユリン、ふたりにご奉仕フェラをされて最高の気分だ。

どっちも積極的に肉棒へ舌を絡めて、唇で擦るように刺激してくる。

「こんな経験はなかなかできないな」

積極さで言えばユリンのほうが上だろうか。

ガチガチになった肉棒全体へキスの雨を降らせていて、もう彼女の唇が触れていない部分はないくらいだ。

特に、裏筋に沿って根元から亀頭へ順々に口づけされていく感覚は、癖になりそうだった。

彼女にはもっと、がっつくように奉仕してもらいたい。

「んんっ、ちゅ、ちゅむっ……もっと気持ちよくなってねっ！」

一方のイライザは、相変わらずゆっくりした動きだ。

けれど、そのぶん舌を多く使ってねっとりとなぶるように刺激してくる。

舌をカリ首へ沿うように滑らせたり、鈴口をほじくるように動かされると、腰が痺れるほど気持ちいい。

それに、隣のユリンに影響されてか、先ほどより少し動きが激しくなっているように思える。

だんだん息も荒くなってきて、彼女も興奮しているんだと分かった。

普段クールなイライザが夢中で奉仕している姿に、俺も興奮が止まらない。

「んんっ、じゅるっ、はふぅぅ……気持ちよくなったら、遠慮せず射精していいですよ。全部受け止めてあげますので」

「あ、ああ……分かってるが、くっ！」

こんな天国みたいな快楽をずっと味わいたくて、射精してしまうのがもったいない。

けれど、性感は刻一刻と高まっていき限界までもう時間がないだろう。俺は歯を噛み締めて快感を堪えるが、ユリンとイライザは容赦なく肉棒に奉仕し続ける。

「んむっ、ちゅるるっ！　はふっ、どんどんエッチな味が濃くなってるっ……あむ、んじゅううぅうっ！　れろっ、れろぉっ！」

「ええ、こんなにビクビクと震えて、気持ちよさそうです。そろそろ限界ではないでしょうか？」

ふたりはそれぞれ俺を見つめながら、舌はきっちり肉棒に巻きつけている。

そんな彼女たちの献身的な奉仕に、俺もとうとう我慢できなくなった。

「このまま出すぞ。ふたりともしっかり受け止めろ！」

「うんっ！　ぜんぶ欲しいのっ！　らしてぇっ！」

「ハチローさんの精液、一滴残らずいただきます。ふぁ……」

ふたりが顔を寄せ合い、最後に先端へ吸いついてくる。

その刺激に促されるように俺は射精した。

「あっ、ひゃんっ！　あふっ、あーっ！　んっ、むぅ……口の中と、顔にもいっぱい……」

「んっ！　はふっ、やっ……はむっ、じゅるるるるるっ!!　ふはぁ……こちらもいっぱいれす」

ドクドクと吹き上がった精液は、彼女たちの顔を容赦なく犯した。

頬に、鼻に、顎に、一部は額のあたりまで飛んで下品な化粧をしていく。

もちろん口内にもたっぷり、こちらは彼女たちのほうから積極的に受け止めるよう動いていた。

濃厚な精液が舌の上に広がり、その臭いにあてられて蕩けたような表情になる。

そして、ふたりは当然のように口内へ溜めた白濁液を俺に見せつけてきた。

「んふっ、はぁ……ハチローくん、これどうする？」

「ハチローさんのお望みのまま、なんでもいたしますよ？」

どうするもなにも、そんなに興奮した目で見つめられたら選択肢は一つしかない。

「そのまま飲み込め」

そう言うと、彼女たちは揃って口の中のものを飲み込んだ。

「んぐっ！　ごくっ！　ふぁ、飲んじゃったぁ……なんだか、お腹もジンジンしてきちゃうよ」

「ごくっ、ごくっ！　んふ、本当に喉にひっかかってしまうくらい濃厚ですね。こんなものを中に出されたら、孕んでしまいそうです」

その後で彼女たちはもう一度口を開けて、しっかり飲み込んだことを確認させてくる。

普段はふたりにも中出しが基本だったので、こうして口から飲ませる機会はなかなかない。

それだけに、新鮮な気持ちで興奮が高まってしまった。

俺はふたりの肩に手を回すと、そのまま立ち上がらせる。

「あれ、ハチローくん？」

「……あまり時間をかけると、昼食の時間がなくなってしまいますよ」

「一食くらい抜いても大丈夫だろう？　今はこっちのほうが優先だ」

そう言うと、イライザはもちろんユリンも察したのか顔を赤くする。

俺はそれから、高ぶった気持ちが静まるまで彼女たちを犯すのだった。

◆　◆

戦いが始まってから四ヶ月、人類軍は魔王城の包囲を継続していた。

空を飛ぶワイバーンを除けば、かの城からは鼠一匹すら脱出できないほどの重包囲だ。

数の利もあって優勢に見える人類軍だったが、長引く攻城戦に問題も発生し始めている。

「むぅぅ……またこれだけの数を対処しなければならないか……」

人類軍の司令部たる天幕の中で、総司令官が頭を抱えていた。

彼の目の前にあるのは、山になるほど積まれた書類の数々。

それらの多くは補給の不足を訴える陳述書や、他部隊とのトラブルの仲裁を求めるものだった。

「閣下、一ヶ月ほど前から補給が滞《とどこお》りがちになっています」

苦い表情で話すのは、斜め前の机に座る副官だった。

彼の机にも書類の山が積まれている。

「もともと指揮下にある軍勢にはなんとか最低限の補給が間に合っていますが、小勢力は武器や防具の補給が滞っているところもあるようで……」

特に義勇軍や傭兵といった勢力は、後ろ盾となる組織がいない。

そのため総司令官直属のような大勢力が、補給の面倒を見ていた。

しかし、その物資が不足がちになっており、自国の部隊を優先せざるを得なくなったのだ。

結果、兵士たちの間で補給の格差が生じ、それがトラブルの元になっている。

「幸いわが軍は独立した憲兵隊がいますので、大きな問題には至っていません。しかし、憲兵隊を随伴する余裕のない中規模勢力などではトラブルも増えていると報告がありました」

「ひとまずは、総司令官権限でこちらから憲兵を派遣しよう。しかし、長く続けることは出来んな」

「はい。あまり強権的に進めると他国軍から反発も買いますし、終戦後に国際会議などで非難されかねません」

「まったくもって困ったものだ。ここまではいずれ士気が崩壊し、統制がとれなくなってしまう」

そう言うと、彼は立ち上がって天幕から出る。

遠くには魔王城を囲む分厚い城壁が見えていた。

「新兵器の大砲を用いても崩せない城壁。あれがすべてを変えてしまった」

事前の情報では、魔王城はろくな防御施設がない政治都市のはずだった。

しかし、最終防衛線のダンジョンを攻略してから一ヶ月の間に、あのような要塞都市へ姿を変えてしまったのだ。

「あれさえなければ、今頃は本国に帰還して栄誉と名声を得ていたものを……」

忌々しげに拳を握る司令官。

「十万……十万の大軍だぞ？　それをもってしても攻略できぬ城をたった一ヶ月で作り上げるなど、こうして実際目にしていなければ信じられん」

しかも、要塞都市となった魔王城は籠城戦に最適化するため、日々進化し続けていた。

食料の自給、外部からの空路による補給、そして経済活動の維持。

それによって魔王城とその城下町の人々の士気は維持され、人類軍が本格的な攻勢を仕掛けてこないことも合わさって、余裕のある雰囲気さえ生まれていたのだ。

司令官が城壁を見つめていると、ひとりの伝令がやってきた。

彼が差し出したメモを開くと、司令官の顔つきが変わる。

「これは……」

「閣下、どうなさったのです？」

「これは、名前だ」

「はっ？」

傍に控えていた副官が怪訝そうな表情になる。

しかし、それを気にすることなく司令官はメモを見つめていた。その表情は憎しみと歓喜を混ぜ合わせたようなもので、手に力が入りメモがクシャクシャになる。

「先日、城壁付近の戦闘で敵の魔族が、こちらの矢を受け落下してきただろう？」

「はい、貴重な情報源ということで治療していました」

「そいつの目が覚め尋問した結果、いくつかの情報を得ることができた。その一つが、あの城壁を作った者の名だ」

「それは相当な魔族なのでしょうね……」

副官がそう言うと、司令官は思わず苦笑する。

「くくっ、確かに直接壁を作ったのは魔王カイラらしい。しかし、彼女に献策し今では魔王の側近として知られている者がいる。その名はハチロー・カツラギ。なんと、魔王が召喚した異世界の人間の青年らしい」

「に、人間ですと!?」

「ああ、そのとおりだ。我々、人類軍総勢十万は、この小僧ひとりによって一歩も城内へ踏み込めないでいる」

司令官はついにメモを握りしめ、天幕の中へ戻った。

「このまま包囲を続けても敵が根を上げることはないだろう。だが、攻城兵器を接近させるための工事も、もうすぐ完了する。このタイミングで、ここまで辛酸を舐めさせられた敵の名が明らかになったのだ。これは運命的ではないか？」

「……では」

「うむ。工事が完了し次第、全軍で攻勢をかける。おそらくは一週間後ほどになるだろうが、それまでに準備を整えさせよ」

「はっ！　了解しました！」

副官が敬礼して天幕を出ていくのを見て、司令官はゆっくりと席につく。

「待っていろハチロー・カツラギ。貴様の首、魔王と共に城門へ吊るしてくれるわ！」

こうして、いよいよ人類軍の総攻撃が決定されるのだった。

◆　◆

人類軍が総攻撃を行うらしいと連絡が来たのは、三日前だった。

偵察によれば、敵の部隊の動きが活発になり、補給物資を積んだ馬車の量が増えているとか。

攻城兵器を近づけるための道の工事が、ほぼ完了していることも総攻撃を裏付ける。

その動き具合から、攻撃の予測日程も割り出すことができたのだ。

当然魔王城内も騒がしくなり、全力での迎撃準備が進んでいた。

俺もほぼ休みなくあちこちを飛び回り、精鋭による迎撃部隊の手配をする。

夢中で過ごしている内に二日が経ち、気付けば攻撃は明日に迫っていた。

前日の夜になってようやく俺も休む時間が出来て、ベッドへ横になり、ゆっくり寝ようとしていたのだが……。

「どうしてカイラがここにいるんだ？」

俺のベッドの上には、魔王の姿があった。

彼女は少し緊張した様子ながらも、俺をじっと見つめてくる。

「ええと……人類軍の総攻撃も明日に迫ってるわね」

「そうだな。だからお互いにきちんと体を休めないといけないはずだが」

「そっ、それは分かっているけど！　明日は忙しいだろうし、人類軍を撃退するために環境魔力も濃くするだろうから、今のうちに魔力を補給しておかないとと思ったのよ！」

正論で返すと、彼女は少し慌てながらも反論してくる。

「なるほど、理由はよく分かった。けど、本当にそれだけか？」

「うっ⁉　あぅ、その……」

こちらから問いかけると、カイラはしどろもどろになってしまった。

普段は魔王らしく偉そうにしているのに、ときどきこんなふうに情けなくなってしまうんだよな。

彼女はしばらく考えていたけれど、意を決したのか再び口を開く。

恥ずかしさからか顔を赤くしながらも、その目はしっかり俺を捕らえていた。

「正直に言うと不安なの。もしかしたら、今度こそ負けてしまうんじゃないかって。だって、敵の数は十万だし、魔王城に籠もるまでの魔族は負け続けていたんだもの」

それは確かにカイラの本音だったのだろう。

魔王の娘としてその血を継いだものの、突然に魔王の椅子に座ることになったカイラ。

しかし、その本質はまだ二十歳にもなっていない少女なのだ。

プライドと責任感で心を補強し、高慢さを前に出して幹部たちの前に立っても、少女としての弱さが消えたわけではない。

自分で上手くできるのか、これからどうなってしまうか不安で仕方ないだろう。

だからあのときあの部屋で、処女を捧げてでも俺を引き留めようとしたんだ。

「ねえ、明日わたしたちは勝てる？」

カイラがゆっくりと近づいてきて俺の右手を握る。

俺は迷うことなく、その手に左手を重ねた。

「負けるはずがないだろう？　俺が考えてカイラが作ったこの魔王城が、たかだか十万ぽっちの軍勢に落とされるはずがない」

そう言うと、彼女は安心したように息を吐いた。

「そ、そっか。そうよね！　わたしの城が落ちるわけないもの！」

ぎこちなくではあったが笑みを浮かべた彼女を見て、俺も安心する。

ただ、まだ少し緊張が残っているようだ。

側近としては、明日の戦いまでにしっかり緊張を解《ほぐ》してやらないといけないだろう。

俺は左手をカイラの手から離すと、そのまま肩に回して抱き寄せる。

「えっ、ひゃあっ！　あ、んんっ！」

間近に来た彼女の唇を塞ぎ、そのままキスを続ける。

カイラは驚いて目を丸くしていたけれど、ちょうどいい。

戦いを前にした緊張も、怖さも、今夜のうちに吹き飛ばしてしまおう。

「ん、ぷはっ。魔力の補給はするんだよな？」

「え、ええ。そうね、それはしておかないと」

「決戦の最中に魔力切れで倒れるなんて笑えないからな、たっぷり貰わないと」

今度は右手を動かし、彼女の体をまさぐっていく。

腕を伝って一度肩まで移動して、そこから徐々に下へ。

「ッ！」

胸元にまで到達すると、一瞬カイラの体が震える。

この美巨乳も、今までさんざん弄ってきたから警戒しているんだろう。

なので、今夜はあえてそこをスルーしてさらに下へ移動していく。

「えっ？　胸は……」

「なんだ、触ってほしかったのか？」

「そういう訳じゃないわよ！　でも、いつもなら真っ先に揉んでくるのに……」

「たまには、そう言う気分のときもあるってことだ」

そう説明している内に右手は脇腹を通過し、足の付け根にまでやってきた。

そこから少しずつ股の内側に移動していくと、またカイラの体が緊張し始める。

「こっ、今度こそ……あっ、ひぅっ！」

期待どおり、俺は人差し指で秘部に触れた。

すると、先ほどより強くカイラの体が震える。

「だ、だめっ！」

「なにがいけないんだ？　体だって期待しているのに」

まだ布越しだけれど、秘部はかなり熱くなっていた。

俺がさらに指を動かすと、カイラは刺激されるほど悶えていく。

「いやっ、ひゃうっ！　あぅ、はぁ、はぁっ……」

秘部の割れ目に沿うように指を動かし、あるいは隠された陰核を刺激する。

カイラの体は瞬く間に興奮していった。

「ど、どんどん体が熱くなってくるのっ！」

「ああ、俺も分かる。こっちも興奮しているからな」

間近で彼女の艶姿を見て、俺も欲望を刺激されてしまった。

下着ごとズボンを脱ぐと、肉棒がカイラのお腹あたりをめがけて勃起している。

「あうっ……」

俺のものを見て本能が刺激されたのか、カイラの股がより熱くなり濡れていった。

「おいおい、もうこんなに濡らしてるなんて……」

「あぁ、やぁっ……見るのだめっ！」

服を少しズラしただけで、もう透明な蜜が溢れてきてしまう。

これだけ外にも漏れ出ているんだから、中がどうなっているのかは容易に想像できた。

「こんなの見せつけられたら、さすがに我慢できないぞ……」

「えっ？　ちょ、ちょっと!?」

俺の言葉にカイラが反応して、慌てて手を出そうとしてくる。

けれど俺は素早く動き、彼女の腰を抱き寄せた。

そして胡坐《あぐら》をかくと、その上に彼女の体を持ち上げて乗せる。

「これ、ううっ……アソコに当たってるのだけど！」

対面座位の形だと、自然と肉棒と秘部が互いに押しつけられる形になる。

カイラの秘裂は間近に感じる肉棒の存在感に、より多くの愛液を分泌していた。

「ま、まさか、このまま？　だって、こんな不安定な……」

「カイラが協力してくれれば大丈夫さ。ほら、入れるぞ」

「ちょっと待ちなさい！　わたしの話も聞いて……ひゃぐっ!?」

両手で細い腰を掴み、持ち上げる。

そして、肉棒の先端を秘部に押し当てると、そのまま彼女の体を下ろして挿入していった。

「あぐっ！　はふっ、あぁぁっ……！」

どうやらいきなりの挿入で、彼女にもかなり衝撃が伝わってしまったらしい。

膣内は予想どおり、たっぷりの愛液で濡れていた。

ただ、膣肉自体は用意が出来ていなかったようだ。

かなり濡れているとは思ったけれど、膣内を解していないとまだ厳しいか？

「悪かった、痛いならやめるが……」

そう言うと、カイラは呼吸を乱しながらも首を横に振る。

「そうじゃないの。少し中がキツかったけど、大丈夫よ」

そう言うけれど、どうにも呼吸が乱れてしまっていた。

最初は様子見しつつ、徐々に力を入れていくほうがいいだろう。

「痛いときは痛いって言ってもらわないと、分からないからな」

「うん、大丈夫。そのうち慣れてくると思うわ」

俺はあまり腰を強く突かないようにと、しっかり彼女の腰を両手で抱える。

するとカイラも、俺の首に腕を回して自分の体を支えた。

「動くぞ」

しっかり体が合わさっているのを確かめてから、彼女の体を上下に動かしていく。

「あっ！　ふっ、んんっ……中で、いっぱいっ！」

亀頭が肉ヒダをかき分け、膣内を上下に行ったり来たりする。

あまり激しさはないけれど、その分、中の感触をじっくり味わえる。

「まだ解れていなくても、しっかり締めつけてくるな」

ぴったり密着するような感覚こそないものの、キュンキュンと確かな締めつけを感じる。

肉棒を突き込むごとに蕩けていき、抜こうとすると引き留めるように締めつけるのだ。

「ほら、こうやってゆっくり動くと、カイラも分かるんじゃないか？」

「やっ、あうっ！　こんなの知らないっ……はぁっ、ひんっ！」

もう快感を味わっているのか、甘い声を漏らしているカイラ。

ここから見える頬もすっかり赤くなってしまっている。

自分から誘ってきただけあって、期待していたんだろう。

けれど顔は見せたくないのか、俺の肩へ伏せるように隠してしまった。

「まあ、それならそれでもいいけどな」

今のカイラの体勢だと、必然的に俺に体を押しつけるようになっている。

そうなると、さっき愛撫をスルーした巨乳がちょうど胸板に押しつけられるのだ。

柔らかい二つの塊で、興奮がさらに高まってしまう。

「んんっ、はふぅっ……だんだん、よくなってきたかも……」

そのまま動かし続けていると、喘ぎ声の合間に彼女がそうつぶやいた。

確かに最初より中はこなれてきているし、相変わらず愛液もたっぷりだ。

セックスも楽になって、快楽を感じるほうが強くなってきたのかもしれない。

「よし、それなら今度はカイラの番だな。腰を動かせ」

「はぁはぁ……えっ、なに？　わっ、わたしが!?」

驚きで思わず体を離し、俺の顔を見てくる。

「ああ、そうだ。正直ずっとカイラを抱えているのは辛い」

「そんなに重くはないと思うけど……」

「悪いけど肉体労働は得意じゃないんだよ。むしろ、今までを褒めてほしいくらいだ」

確かにカイラは太っているわけではないけど、胸やお尻はよい肉付きをしているからな。

オークのようにムキムキならともかく、俺の腕はかなり疲れてきている。

指先が若干震えているのを見せると、カイラは観念したように溜め息を吐いた。

「はぁ、仕方ないわね。こんなふうに間近で見られるのは、少し恥ずかしいけど……」

カイラはそう言うと、まず自分の服に手をかけて脱ぎ始めた。

「恥ずかしいって言っておきながら、自分で脱ぐのか……」

「これは密着してたから暑くなってきたのよ！　このまま擦れ合うと邪魔になるし」

まあ、理由は何でもいい。

俺としては生の巨乳を見られて、素肌のスベスベした感触が味わえるので文句はなかった。

袖など邪魔にならない部分だけ残して裸になった彼女は、もう一度俺の体に腕を回す。

そして、ゆっくり腰を上下に動かし始めた。

「あふっ……ん、んっ！　はぁ、ふぅぅっ……」

熱い吐息を吐き出しながらピストンするカイラ。肉棒も奉仕にビクビクと震えてしまう。

「あうっ！　中で、動いて……」

「その調子だ。けど、もっと速く動けるんじゃないか？」

「もう、せっかちね。ゆっくり慣らしていくつもりだったのに」

「カイラがエロいから、我慢できなくなってきた」

正直にそう言うと、彼女はゆっくり笑みを浮かべた。

「へぇ？　ふふっ、そうなんだ。じゃあ、わたしがもっと感じさせてあげるわっ！」

主導権を握れると思ったのか、少し嬉しそうに腰を動かし始める。

先ほどより勢いは激しく、パンパンと腰をぶつける音が部屋に響いた。

「はぁっ、はぁっ！　んくっ……どう？　気持ちいい？」

「ああ、こりゃいい。まったく最高だなぁ」

カイラ自身が乗り気になったからか、膣内もより馴染んでくる。

肉棒に熱心に絡みついてきて、奥から精液を絞り出そうとしているようだ。

このままでも十分に気持ちいいけれど、やはり自分からも楽しみたい。

少々疲れ気味な腕を動かし、彼女の尻肉を両方包むように揉んだ。

「んっ、ちょっと！　腕は動かせないんじゃ……」

「こんな最高級のごちそうを前にしたら、どれだけ疲れてても動いちまうよ！」

「やぁっ！　わたしのお尻、グニグニって……はうっ、あんっ！」

しっかりお尻の感触を堪能しつつ、腰振りを応援するように力添えしてやる。

するとよりピストンが激しくなって、興奮も急激に高まっていった。

「ハチロー、気持ちいいっ……気持ちよくなっちゃう……」

「ああ、このままふたりで楽しもう」

俺はそう言うと、顔を近づけて彼女にキスした。

カイラもそれに合わせて、唇を近づけてくる。

「んんっ……はむっ、ちゅうっ……ハチロー、ハチロー……んくぅっ！」

俺の名前を呼びながら腰を動かすカイラを見て、体が一気に熱くなってくるのを感じる。

対面座位の体勢なので、間近で興奮した顔を観察できるからなおさらだ。

胸板には張りのある胸が押しつけられ、グニュっとゆがんでいる。

「ハチロー、明日は最後までわたしの傍にいなさいね？」

「仰《おお》せのままに魔王様。不安な気持ちは、今夜のうちにすべて拭い去っておくとしよう」

「べ、別にわたしは人類軍を恐れてなどいないけど……あうっ!?　ひゃっ、待って！　いつもより激しっ……あああぁぁああっ!!」

両手でしっかりと彼女のお尻を掴み、ベッドがギシギシ鳴るほど腰を動かす。

「これっ、奥に……ひぃっ、あううぅっ！　そんなに動けないんじゃ……あっ！　子宮、突かれてっ……あぁっ！」

「ベッドが柔らかいおかげだな。カイラもしっかり掴まっててくれよ」

限界まで硬くなった肉棒で子宮口を突き上げると、カイラの口から甘ったるい嬌声が漏れる。

表情もどんどんトロトロになっていき、俺は自然と唇を奪っていた。

「んむっ、ひゃぁ……ん、れろ……んるぅっ……つはぁ、はぁっ！　はちろぉ……」

「今のカイラ、すごく可愛いぞ」

「はぅ……やだ、そんなこと、顔を見つめながら言わないで……あぁっ！　体がまた熱くなるっ!!」

前を見ればすぐそこに、トロットロに蕩けたカイラの顔があった。

興奮した俺は、キスしてそのまま腰を突き上げる。

「んんっ、んんんんぅぅぅっ！　ぷはっ！　ひぃ、はうぅぅっ！」

カイラも呼吸も忘れて唇を吸い、離れるとすぐに嬌声を上げてしまう。

そんな彼女の姿に、俺の欲望は限界まで高まっていった。

「イクッ、もうイっちゃうのっ！　だめっ、だめええええぇぇっ！　我慢できないからぁっ!!」

「ああ、俺もイクぞ！　子宮で受け取れっ！」

月明かりに輝く金髪を優雅に揺らしながら、淫らな顔で絶頂を伝えてくるカイラ。

俺は彼女の体を思いっきり抱きしめると、肉棒を最奥まで突き込む。反射的にギュウギュウと締めつけてくる膣内に快感を与えられながら、奥の奥で欲望を噴き上げた。

「あぎっ!?　ひゃっ、ああっ……ぐうううううぅぅぅぅぅぅっ!!」

子宮口へぴったり押しつけられた肉棒から精液が吐き出され、子宮に送り込まれる。

「熱いのがたくさんっ！　だめっ、これ凄いのくるっ！　イクッ、ひあっ、あああぁぁっ！　イックウウゥゥゥウウウゥッ!!」

カイラは俺の体にしがみつくようにしながら激しく絶頂した。

体の震えに合わせて膣内も震え、最後の一滴まで搾り取られてしまう。

「凄いな、ぐっ！　ほんとに空っぽになりそうだ」

激しい快感に俺も歯を噛みしめて堪《こら》え、なんとか乗り越える。

カイラのほうは途中で耐えられなくなったのか、全身から力が抜けてしまっていた。

「あふっ、ひぃ……もうイけないからぁ……」

「おいおい、大丈夫か？」

まだわずかに震えている体を支えながら、ベッドへと横にしようとした。

そのとき、カイラがわずかに抵抗する。

「んぅ……待って、まだ抜かないで」

すると、いつものように体に魔力が注がれていく感覚がした。

今日はいつもより体が熱く、魔力の量も多いような気がする。

「凄いな、これだけあれば普通なら半月は持ちそうだ」

「それだけ明日はわたしも頑張る予定なんだから。ハチローも、しっかり傍についていないさいよね？」

「ああ、分かったよ魔王様」

俺はポンポンと軽く背中を叩くと、今度こそ彼女を寝かせる。

俺自身も隣で横になり、その夜はふたりで朝までぐっすりと眠りにつくのだった。


翌日。予想は的中し、とうとう人類軍の総攻撃が始まった。

カイラは俺やイライザ率いる親衛隊を連れ、西門の櫓《やぐら》に詰めることに。

敵の最大の攻撃目標は間違いなくこの西門であり、カイラの能力を最大限発揮できる場所でもあるからだ。

「人類軍本隊、歩兵を先頭に接近してきます！」

物見櫓から報告が上がり、俺たちは屋上に出た。

すると、確かに西から大軍が進んでくるのが見える。

「いよいよ来たわね」

「ああ、でもこっちだって準備は万端だ」

左右を見れば、城壁には魔族の兵士がズラリと並んでいる。

弓兵はゴブリンを主力とし、敵が城壁に突撃してきたときには、オークやリザードマンなどの格闘戦に優れた魔族が対応する手筈だ。

魔法兵の主力はリッチやゴブリンメイジで、それぞれ雷撃や火球を浴びせかけることに。

普段は前線に出ないドワーフなども手製のクロスボウを持って、かつて先遣隊を壊滅させた城門内の施設に潜んでいる。

さらに城壁の後ろにはトロールが控えていて、投石による攻撃をする予定だ。

この布陣にさらに予備戦力として、機動力のあるケンタウロスやウェアウルフの部隊を待機させている。

「ここまで戦力を総動員したんだ。きっとうまくやれる」

「ええ、そうね。信じるわ」

カイラはそう言うと、前に進んで櫓の塀に手をかけた。

そして、決意した表情で敵を見据える。

『魔王カイラが命令するわ。総員戦闘準備！』

ユリンを捕らえたときにも使った、拡声の魔法だ。

さすがに東西南北すべての城壁には届かないものの、西城壁の兵はすぐさま弓を構える。

トロールが丸く削れらた直径二メートルはある岩を軽々と持ち上げ、投擲《とうてき》する姿勢に入った。

人類軍も近づいてきており、攻城塔が突撃路に入る。

そのとき、遠方から腹に響くような大きな音が鳴った。

『ッ!?　全員伏せなさい！』

「ぐっ！　凄い音だ！」

直後、城壁へ連続して砲弾が直撃する。

「大丈夫よ、これくらいじゃわたしの城壁はびくともしないわ！」

分かっていても、俺は間近で砲撃を浴びると怯んでしまう。

それに対して、カイラは同じように伏せつつも不敵な笑みを浮かべていた。

実際直撃を受けたものの城壁が崩壊する様子はなく、敵もけん制のつもりで放ったのだろう。

『砲弾の再装填まで時間があるわ、立ち上がりなさい！』

魔族たちも立ち上がり、それぞれ弓や杖を構え直す。

そして、双方の軍が相手の射程距離に入った。

『弓兵、攻撃開始！』

攻城塔よりわずかに先行していた敵歩兵に向けて、一斉に矢を放つ。

「敵の攻撃だー！　盾を構えろー！」

人類軍の指揮官が声を張り上げ、兵たちが頭上に盾を掲げる。

大部分の矢はそれに阻まれたが、斜めから射られたものは盾を掻い潜って敵を崩す。

なんとか第一撃を耐えた歩兵たちも、防御のためにその場で足を止めてしまっていた。

『今よ！　続いて魔法攻撃！』

すかさずカイラが号令をかけ、リッチやゴブリンメイジが魔法を撃ち下ろす。

雷撃や火球は連射が効かないぶん威力は絶大で、足を止めた敵兵はよい的《まと》だった。

一撃で数人が吹き飛び、固まっていた場合は十人近くも戦闘不能にする。

『よし、いいわよ！　続けて……きゃっ!?』

トロールに投石を命じようとしたカイラだが、前方から矢が降ってきたため、慌てて壁の陰に隠れた。俺も置いてあった盾で身を守りながら、カイラのもとに移動する。

「おい、大丈夫か？」

「ええ、問題ないわ。敵の射程にも入ったみたいね」

壁からわずかに顔をのぞかせてみると、敵の攻城塔の最上階に多数の弓兵が配置されていた。

高さはこちらの城壁より数メートル高く、若干だが打ち下ろせる位置にある。

「あの塔をなんとかしないとマズいわね」

カイラが服の埃を払って立ち上がると、すかさず左右に控えていた親衛隊が盾を掲げて彼女を守る。

『トロール隊、投擲を開始しなさい！　狙いはいいから、思いっきり投げるのよ！　ゴブリンメイジは火球で援護なさい！』

新たな命令を下され、待機していたトロールたちが動き出す。

彼らの位置からは、城壁の向こうにある攻城塔を目視できない。そこであらかじめ投擲可能距離を測っておいて、そこに敵が侵入したところで攻撃を開始したのだ。

これならば細かいことを考えることなく、決められた場所に立って思いっきり岩を投げるだけでいい。当然命中率はよくないが、二回三回と投石を続けていると、その内の一発が攻城塔に見事命中した。

二メートル級の岩の直撃は攻城塔の柱を砕き、その衝撃で前進が止まる。

そして、停止してしまえば同じ場所に続けて岩が着弾し、ついには音を立てて攻城塔が崩壊していった。

「よし、やったわ！」

「油断するな、ほかの攻城塔はどんどん接近してきてる」

それからも数台の攻城塔が投石で破壊され、火球の追い討ちで炎上する。

しかし、半数以上の攻城塔はとうとう城壁まで到達してしまった。

すると、塔の最上階から一段下にある箱の一面が跳ね橋のように開いていく。

跳ね橋の端は城壁の縁にひっかかり、内部に待機していた敵歩兵が一斉に突っ込んできた。

「行くぞ！　俺が魔王城に一番乗りだ！」

「魔王の首を上げればどんな褒美も望みのままだ！　行け行け行けえええええぇぇっ‼」

先頭で突っ込んできたのは、褒美目当ての傭兵や士気の高い義勇軍だ。

そんな彼らを、魔王軍の猛者たちが隊列を組んで待ち構える。

「これより先に一歩も進ませるな！」

「野蛮な人間どもを、俺たちの街からたたき出してやれ！」

オークの戦斧が人間兵士を両断し、リザードマンの槍が革鎧ごと心臓を貫く。

対して敵兵は、オークが着込んだ重鎧やリザードマンの頑丈な鱗に対して、なかなか有効打を与えられていない。

城壁の上はそれほど広くないため、人類軍は数の利を生かせず一対一の戦いを余儀なくされていた。そうなれば個々の戦闘力が高い魔王軍が、おのずと有利になる。

「だ、だめだ！　正面からぶつかったら倒せない！」

「おい！　お前押すな！　落ちるっ……ぐあぁぁっ！」

魔王軍の隊列を、なかなか崩せない人類軍。

それでも後から後から増援が昇ってくるので、すし詰め状態で城壁から落下する者まで出る始末。

城壁での戦闘はおおむね魔王軍が優勢に進めていたが、人類軍の進撃路はここだけではない。

城門につながる突撃路には、頑丈な屋根で防御された破城槌が接近していた。

「ここだ！　門を破れ！」

大木から削り出した槌が縄で縛りあげられ、寺の鐘を突くように城門へ打ちつけられる。

その衝撃は強大で、城壁の上にある櫓にも衝撃が伝わってくるほどだった。

「ハチロー！　このままじゃ城門が……。あそこは弓兵からも死角になっているわ！」

「大丈夫だ、仕掛けを使えばこちらからも攻撃できる」

櫓の中に戻ると、待機していた兵士に床板をはずさせる。

するとそこから、下で破城槌を打ちつけている敵兵が見えた。

「よし、ここから石を落とせ！」

櫓の隅に積まれていた石を、敵兵めがけて投下していく。

「な、なんだ!?」

「上からの攻撃だ、気を付けろ！　こんな仕掛けまであるのか!?」

破城槌自体は矢よけの屋根に覆われていたものの、落石を繰り返すと、次第に傷ついて貫通する石が出てくる。

兵士もかなり負傷しているようだが、人類軍は諦めず増援を送り込んで、城門を攻撃し続けた。

「くっ、本当にいくらでも兵士が湧いて出てくるみたいだな！」

相手が本気で魔王城を攻略しにきているのが、よく分かった。

損害を気にせず、ただ目標を達成するために前進してくる姿は恐ろしい。

「だめだ、門が破られる！」

落石によっていくらか時間稼ぎをすることはできたが、城門へのダメージは着実に蓄積していた。

人類軍は多数の死傷者を出しながらも、ついに西門を突破したのだった。

「門を破ったぞ！　なだれ込めえええええっ!!」

その場にいた指揮官を先頭に、一気に大軍が城内へ侵入してくる。

「ドワーフたちに迎撃を開始させろ！」

落石攻撃は継続させつつ、俺は櫓の屋上へ戻る。

「カイラ！　敵が城門を破って中に侵入した！」

「なんですって!?　大丈夫なの？」

「一応想定内だが、敵の勢いが強い。少し早いが、魔力をバラ撒いてくれ」

「分かったわ」

カイラはその場で両手を組むと、目を閉じて集中する。

次の瞬間、いつぞやのように濃密な魔力がその体から放たれた。

「おぉ！　周囲が魔力に満ちていく！」

「体が軽くなったようだ。魔王様万歳！」

近くにいた親衛隊が、環境魔力の増加を感じたのか歓声を上げる。

さらに城壁で戦っている魔族たちも、戦闘での疲労を忘れるように勢いよく攻勢に出た。

「なっ、なんだ!?　何がどうなって……ぐあぁっ！」

「くそっ、急に体が疲れてきた気がするぞ。剣が重い。くっ！」

その影響は人類軍の兵士たちにも出始めているようだ。

それまでは何とか数の優勢で拮抗していたが、徐々に押し返され始めていく。

「よし、城壁は大丈夫だ。問題は城門から侵入してきた奴らだな」

櫓から下を覗くと、城門が破壊されたのを見て人類軍が大挙して押し寄せてきている。

高濃度の環境魔力による不調も、お構いなしだ。

こちらも火力を集中させているが、敵の数のほうが多い。

「どうやら、南北と東の城門は持ちこたえられそうだ。こうなれば、市街地へつながる門が最後の砦だな」

「わたしがそこへ行って、環境魔力を全力で散布するしかないわね」

「ああ、俺のことは気にせず思いきりやってくれよ」

俺とカイラは顔を合わせて頷き合う。

「魔王様たちおふたりを護衛します！　絶対に傷つけさせてはなりません！」

イライザが親衛隊の先頭に立ち、城壁の通路を通って最後の門へ向かう。

途中で狭間から迎撃をしているドワーフたちとすれ違ったが、人類軍も弓矢で反撃してくるので負傷者がだいぶ出ているようだ。

「早くなんとかしないと……」

「落ち着け、まだ門は持ちこたえている。大丈夫だ」

「……ええ、ありがとう。大丈夫よ」

そう言いつつも、まだカイラは緊張しているように見える。

万が一のことがないように目を離さないでおこう。

そんなことを考えている内に、俺たちは市街地へとつながる門に到着した。

すでに到着した人類軍との戦闘になっているようだ。

「さんざん迷わせやがって！　ここが当たりだ、一気に行くぞ！」

「ええい、突破させるな！　敵の先頭に攻撃を集中させろ！」

ここに来るまでにはいくつもの分岐があり、その過程で部隊が分散してしまったのだろう。

人類軍は隊列を作ることが出来ず、バラバラに門へ向かっていく。

それでも一部の統制の取れた部隊は、門を破るための破城槌をしっかりと護衛していた。

城門を破ったときのものより小型で、吊るしている台にも屋根がない。

ただ、目の前の門を破るのに必要十分な威力があるのは間違いなかった。

「ここで止めないと！」

「ああ、でも射撃だけでは厳しいな。ドワーフたちも頑張ってくれているが……」

敵もここまで生き残ってきた精鋭だけあって、射撃への対抗策は身に沁みついている。

即席でふたり組を作り、左右からの射撃をそれぞれの盾で防御するなど、一筋縄ではいかない。

「やはり下に降りて、門から打って出るしかないな」

俺の言葉にカイラが目を見開く。

「そっ、そんなこと大丈夫なの!?」

「ああ、ここに来るまでに援軍を要請していたからな。そら、来たぞ！」

背後を振り向くと、城のほうから土煙を上げて数百騎ほどの集団が近づいてくるのが分かった。

予備部隊として待機させていた、ウェアウルフとケンタウロスたちだ。

ウェアウルフは速さを生かせる曲剣や短剣を、ケンタウロスは槍や弓を装備している。

「ハチロー殿からの応援要請を受けて到着いたしました！」

隊長のウェアウルフが近寄って敬礼してくる。

「敵が門に接近していて、ドワーフの射撃だけでは押しとどめられない。打って出て撃退しなければ。正面から戦うのは本来オークやリザードマンの役目だが、やってくれるか？」

「むしろこのときを待ちわびておりました。よし、行くぞ！」

増援部隊は門の前に集結し、攻撃態勢を取る。

そして、彼らの横にイライザが五十名ほどの親衛隊員たち率いて並ぶ。

「ここが正念場です、カイラ様のために最低限の盾役を確保して私たちも出撃します」

覚悟した顔を向けてくる腹心の部下に、カイラも頷いた。

「よし。カイラ、もう一度環境魔力を頼む」

「ええ、任せて。出来る限り支援するわ！」

一瞬にして環境魔力が広がり、魔族兵たちの体に力が漲る。

そしてついに、街へと続く門が自ら開かれた。

「全軍前進！　侵入者たちを蹴散らしなさい！」

カイラの号令と共に、増援部隊が前進していく。

突然開門し、新たな部隊が現れたことに、一瞬ひるむ人類軍。

しかし、門の奥に城下町の街並みが見えたことで戦意が高まったようだ。

「あいつらさえ倒せば魔王のもとへ一直線だ！　家族の仇、首を取ってやる！」

「へへっ、俺は金銀財宝をいただきだぜ！」

兵士たちの中には露骨に名誉や物欲、そして復讐心に目を光らせる者もいる。

しかし、一番多かったのはもっと原始的な欲求の発露だった。

「ま、街だ……あそこに行けばいくらでも食い物があるぞ！」

「ここのところ芋しか食ってねぇ。肉もパンも全部奪い尽くしてやる！」

どうやら人類軍の補給事情は、思った以上に切迫していたようだ。

これほど食事に飢えている兵士が多いとは。

向こうの司令部にとっても今日が、持久戦を続ける限界だったんだろう。

「うおおおお！　行けえええええっ！　突破するんだっ！」

「来るぞ！　迎え撃てっ！」

人類軍の先方と、増援部隊がぶつかった。

元々人類軍より魔王軍のほうが兵士の個々の能力が高い。

増援部隊はしっかりと人類軍の突撃を受け止め、突破を許さなかった。

しかし人類軍も、城内へ侵入するまであと一歩のところまで来ている。

高濃度の環境魔力という不利な状況ながらも、死に物狂いで突破しようとしていた。

ドワーフ隊からの援護射撃もあって、人類軍は徐々に数を減らしていくが、すぐ後方から増援が到着してしまった。

総勢十万を誇るだけあって、一方面の軍勢だけでも魔王軍の総戦力よりはるかに多いのだ。

「まだこんなに……こんなの、倒しても倒してもキリがないわ！」

続々と侵入してくる人類軍に悲鳴を上げるカイラ。

隣で様子を見下ろしている俺も、一進一退の状況に冷や汗を流す。

「いくら能力では勝っているといっても、これだけ戦い続けたらいずれは疲労してしまう。どうする、ほかの方面から戦力を引き抜くか？」

すでに動かせる戦力は、すべて投入してしまった。

どうすればいいか考えている内にも、徐々に増援部隊が消耗していく。

今ならまだ多少は優勢だ。はったりでも何でもいいから、なにか手を打たないと……。

そのとき、門から人影が飛び出してきた。

「ストップ！　ちょっと待って！」

驚異的な身体能力で、人類軍と魔王軍の間に割り込んだ人物。

よく見てみれば、それは魔王城で待機させていたはずのユリンだ。

「なっ!?　ゆ、勇者だと？　なぜここに!?」

「おお！　まさしく勇者様だ！　よくお戻りいただきました！」

魔王軍から苦悶の声が漏れ、人類軍からは歓声が上がった。

しかし、ユリンは剣も持っておらず、その場から動こうとしない。

「ねえみんな、ちょっとまって！　みんなは街に攻め込もうとしているけど、そこに魔王はいないよ！」

「しかし、我らの遠い先祖から続く因縁の相手の街です。蹂躙し、略奪して何が悪いと？」

指揮官のひとりが当然のように言うと、ユリンは顔を赤くして怒った。

「悪いに決まってるじゃない！　ボクはみんなに魔王を倒すのが正義だって言われたけど、街を略奪するのが正義だとは思わないよ！　お金や食べ物が目的なら、ボクが総司令官さんに掛け合ってあげる。復讐が目的なら、魔王に相談してみる。それでも街を侵略するっていうなら、それは許さないよ！」

「な……なんですと？」

人類軍の兵士からすれば、完全に予想外の言葉だったのだろう。

呆然とした表情で、剣を下ろしてユリンを見つめている。

「まさか、勇者様は人類軍を裏切ったと？」

「そうじゃないよ。みんなの悲しみや憤りはよく知ってるし、酷いことをした魔族は許せないと思う。でも、普通に暮らしている魔族まで傷つけちゃうのはいけないよ。だから、ボクは勇者として人間と魔族の争いの仲裁をしたいと思う」

そう言われた指揮官は腕を震わせた。

「こいつめ、勇者だからと黙って話を聞いていれば……！　魔王軍の捕虜になって今まで暮らしていた奴の言葉など聞けるか！」

彼が飛び出すと、それに合わせて十数名の兵士が剣を振りかぶった。

彼らはユリンの言葉も効果がないほど、魔族を倒すことに執心している人間たちだ。

咄嗟に魔王軍の兵士も反応するが、それより早く動き出したのはユリンだった。

「いいよ、そんなに憎いなら、まずボクが相手をしてあげる！」

ユリンは手ぶらのまま相手と距離を詰めると、動きを見切って地面へ投げ飛ばす。

「ぬおっ!?」

「しばらくそこで、大人しくしててね！」

それから五人、十人、と襲い掛かってきた兵士たちを相手に無双して、すべて傷を負わせることなく地に伏せさせた。

「ボクひとりにこの有様で、まだ戦うの？　魔王カイラは、まだまだ魔力を残しているよ。環境魔力を放出されれば、後ろの増援だってすぐに力が抜けてしまう。ボクとカイラが認めない限り、この門は決して突破できないよ！」

そこでイライザが近寄り、ユリンに剣を手渡した。

ギラリと光る剣気に圧され、人類軍の兵士たちの表情に緊張と狼狽が走る。

「くっ、しかし我らはなんとしても今、魔王城を突き崩さねばならず……」

「ううん、無理だよ。君たちは間に合わない」

キッパリと宣言するユリン。

あまりに圧倒的な光景に、双方の軍勢が見入ってしまい動きを止めた。

それを確認してから、ユリンは俺たちのいる櫓に視線を向けた。

「カイラとハチローくん、そこにいるんでしょ？　これから総司令官さんの所に行くから、ついてきてくれないかな？」

ユリンはそう言って、朗らかな笑みを浮かべた。

しかし、笑顔とは裏腹に、その言葉は俺たちへ強く要求しているようにも思えた。

「……カイラ、どうする？」

「ここ数ヶ月ユリンと過ごして、彼女の性格は理解しているつもりよ。彼女が本気でやるつもりなら、停戦が実現するかもしれないわ」

まだ魔王城の防御は破られてはいないが、危ういバランスの上に成り立っている防衛線だ。

このまま戦闘を続けたら、どう転ぶか分からない余地を孕んでいる。

「分かったわ、行きましょう。でも、安全はあなたに保障してもらうわよ」

カイラは腕を組むと、そう言ってユリンを見下ろした。

「……まあ、平和になるなら何でもいいか」

俺も溜め息をつき、彼女たちに同行することになったのだった。

それから、ユリンの言葉どおり俺たちは人類軍の総司令官と会談することになった。

結論から言うと。

どうやら向こうも遠征に限界を迎えていたようで、渋々ながらユリンの停戦要求を了承した。

幾人かの将軍からは反対意見も出たものの、総司令官が責任を持つということで決定されたのだ。

かなりの不安があっただけに、無事に停戦が決まったことは嬉しい。

ただ一つ気になることがあるとすれば、俺が名乗ったときに、向こうの総司令官がギラギラした目を向けてきたことか。どうやらいつの間にか、恨みを買ってしまったらしい。

まあ、何はともあれ停戦だ。難しい停戦条件は後日新たに会談をするとして、それぞれの陣営の兵士たちが引き上げることになった。

ユリンは人類軍との行軍のなかで、その能力と限界も正確に把握していたようだ。

俺たちには完全には教えられなかったことを詫びつつ、この総攻撃が最後の、死力を尽くしたものだということも見抜いていたことを告白してくれた。

結果的には、魔族のことを受け入れ、理解してくれたユリンのお陰での停戦と言えるだろう。

だからまずはそのユリンの要請を受けて、魔王軍から人類軍へと、食料や医療品を提供することになった。こちらの余剰物資もそれほど多くはないが、飢えて盗賊にでもなられたら余計に困るというのもある。

それから一週間ほどで本格的な会談が始まり、ひとまずの停戦条件を決めることに。

その結果、人類と魔族は、魔王城包囲戦が始まる前の勢力図に戻ることになった。

魔王城とその一帯は魔族の管轄とし、人類軍は占領したダンジョンまで撤退していった。

形の上では魔王城を守りきったことになるので、魔族の戦略的勝利といってもいいだろう。

ただし十万もの大軍勢を相手にした被害は甚大で、領地の回復には長い時間を要すると思う。

これからのことを思うと、とても頭が痛い。

「しかし、なんで俺があんな書類仕事を……」

軍隊では実際に戦うより、その前と後の事務処理のほうが大変だと聞いたことがある。

今日はまさに、それを体感した気分だ。

俺は異世界の文字を読み書きすることはできないものの、幸か不幸か算術に関しては共通だった。

人手が足りないということで、日が暮れるまで会計の事務処理に付き合わされていたのだ。

シャワーで汗を流してからようやく自分の部屋にたどり着くと、そのままベッドの上に倒れ込もうとする。しかし、その前に部屋に灯りがついた。

「あれ？　な、なんでお前たちがここに？」

俺の目の前には、特大のベッドの上に座っている三人の女性の姿があった。

もちろんカイラとイライザ、それにユリンだ。

驚いていると、まずカイラが口を開く。

「さっきから待ってたのよハチロー！　今日は、あなたに話とお礼がしたかったの」

「話はあとで聞くとして、お礼？」

「そう。召喚のときの約束どおり、魔王城を守ってくれたお礼よ」

そう言えば、最初の約束はそれだったな。

「無理やり召喚してしまって、危険な役割を押しつけたのは悪いと思ってるわ。だから、そんな状況でも精いっぱい力を貸してくれたことに、お礼がしたいの」

そう言うカイラの表情はいつになく真剣で、少し緊張しているように見えた。

「へえ、なるほど。お礼ならもらっておきたいけど、何をくれるんだ？」

少し落ち着いてきた俺は部屋の奥へ進んでいって、ベッドの近くに椅子を引き寄せるとそこへ座る。

「そ、それが……」

彼女は少し迷ったものの、意を決して口を開く。

「お金とか財宝がいちばんいいんでしょうけど、物資の購入でかなり出費してしまったの。これからの復興も考えると、あまり大金を渡すことはできそうにないわ。だから……わたしを受け取ってほしいの」

「……ほう、カイラをね」

なんとなく状況が読めてきたぞ。

いよいよ口にしてしまったからか、彼女の顔も赤くなっている。

「確認するけど、それはカイラを、これからは好きにしていいということか？」

「そっ、そうよ。さすがに魔王の仕事を滞らせる場合は拒否するけど、それ以外なら大抵の要求に応えるわ」

「なるほど、それはとんでもないお礼だな」

最初のころの俺なら、現実味がなさすぎて疑っていただろう。

けど、今のカイラの顔を見れば、本気だとよくわかる。

「カイラの件は分かったけど、イライザとユリンはなんなんだ？」

「私としても、カイラ様を助けていただいたお礼をしたいと思っています。そもそも召喚魔法の提案をしましたのは私ですので、厚かましいですが、わずかでも責任を取らせていただければと」

「ボクの場合は命を助けてくれて、あとは色々なものを見せてもらったお礼かな。おかげで、戦闘一辺倒だった今までの生活に、魔族との新しい視点が加わったしね！」

どうやら彼女たちも、それぞれの理由でここにいるようだ。

いつもとは違う大型のベッドは、おそらくカイラが召喚魔法で持ち込んだんだろう。

今夜はどうぞ好きにしてください、という意思表示か。

「なら、お望みどおり好きにさせてもらおうじゃないか」

俺はシャツを脱ぐと、横のソファーに放り投げてベッドへ向かった。


「あむっ、はふぅ……れろ、れろっ！　んっ……き、気持ちいい？」

ベッドへ腰を下ろした俺の股間に、カイラが顔を埋めていた。

甲斐甲斐《かいがい》しく肉棒を舐めながら、上目遣いで見つめてくる。

「ああ、気持ちいいよ。なかなかいい気分だな」

「ふむむ……わたしだって、ほかのふたりに負けないいんだから……」

カイラはわずかに笑みを浮かべたが、油断はできないとまたすぐに肉棒に舌を這わせる。

その献身的な姿に興奮は際限なく高まっていった。

カイラの奉仕に加えて、左右にはイライザとユリンが侍《はべ》っている。

ふたりとも服をはだけて、俺に体を押しつけていた。

「ハチローさん、こちらのご奉仕も味わってくださいね」

イライザは特大の乳房を押しつけながら、首筋に舌を這わせてくる。

その艶めかしい舌遣いと、甘く蕩けるような言葉に背筋がゾクゾクしそうだ。

普段クールな彼女がとびっきりエロい奉仕をしてくるから、そのギャップがいい。

「ふふっ、こっちだって負けてないんだから！　ねっ、もっとキスしよハチローくんっ！」

「おいユリン、少し休ませ……んぐっ！」

「はむ、ちゅうっ！　れろっ、じゅるるぅぅっ！」

右隣から顔を近づけてきた彼女に唇を吸われる。

さらに当然のように舌まで割り込んできて、こっちの口内が蹂躙されてしまった。

「んんっ、はぁっ……キスしてるとボクの体がどんどん熱くなってきちゃうよぉ」

唇の周りの唾液を舌で舐め取りながら、うっとりした顔を見せる。

そんな彼女の表情に、また肉棒が硬くなってしまう。

「ユリンは、すっかりセックスが好きになったな」

「だってすごく気持ちいいし。頭が真っ白になるまで興奮しちゃうと後が酷いから、それはちょっと恥ずかしいけど……」

「なら、今夜は全員そうしてやる。いっしょなら恥ずかしくないだろう？」

そう言うと、ユリンはもう一度軽く唇を重ねてきた。

「じゃあ、期待してるね？」

彼女たちに奉仕されている間、俺もなにもしなかったわけではない。

二本しかない腕は、しっかり左右の美女たちの腰に回されていた。

そして、その指先は下着に隠れた秘部を刺激している。

一度の刺激こそ弱いものの、何十回と指を動かしているとさすがに影響が出てくるようだ。

イライザもユリンも、もどかしそうに腰を動かしている。

「ふたりとも、もうずいぶんと体が熱くなってきたんじゃないか？」

左右を見てそう言うと、彼女たちは頬を赤らめうなずいた。

「よし、ならそろそろ始めようか。四つん這いになってお尻をこっちに向けるんだ」

彼女たちは素直に言葉に従った。

俺から体を離すと、言われたとおりの四つん這いになる。

こちらからは、丸く肉付きのいいお尻と、すらっとした背筋がよく見えた。

「ハチローさん、これでよろしいでしょうか？」

「うぅ……ハ、ハチローくんっ！　もう我慢できないよっ！」

静かに俺の反応を待つイライザと、興奮を抑えきれない様子のユリン。

その両方に、今すぐ襲い掛かりたくなってしまう。

「悪いな、もうひとり残ってるんだ。カイラ、そろそろ十分だろう？」

俺は視線を下げ、相変わらず股間に顔を埋めている少女に声をかける。

「んっ、じゅる、はふぅっ……もうガチガチで鉄の棒みたいだわ」

俺に促され、彼女はようやく肉棒から口を離して顔を上げた。

「こんなものを入れられたら、どうなるのかしら……」

「自分で硬くしたくせに、言うじゃないか」

俺が手でもう一度促すと、カイラもようやく四つん這いになる。

これで、俺の目の前には三人のお尻が並ぶことになった。

「まさに絶景だな。こいつはたまらない」

左からイライザ、カイラ、ユリンの順番に並んでいる三人。

それぞれ健康的に引き締まった足と、丸くきれいなお尻が惜しげもなく晒されている。

俺は膝立ちになると、その背後に移動していった。

まずはカイラだ。

「最初はお前にしようか。ここまでガチガチにしてくれたモノを、まずは自分で味わってみたいだ

ろう？」

「えっ!?　別に、そこまでは言っていないけど……」

そう言いつつも、振り返ったカイラの視線は肉棒に注がれている。

俺は苦笑しそうになりつつも、左手をお尻に伸ばしてガッシリと掴んだ。

「あんっ！　あうっ、一番にわたしへ……ひゃっ！　あ、熱いっ……んはっ！」

お尻が逃げられないようにしてから下着をずらし、秘部に肉棒を押し当てる。

その刺激に彼女は背筋をビクッと震わせ、熱い息を吐き出した。

「入れるぞ」

「ちょ、ちょっと待って！　こんなに硬いの、まだ心の準備が……あひゅっ!?」

俺は彼女の了解を待たずに腰を前に進めた。

すると、思ったよりスムーズに肉棒が奥まで進んでいく。

膣内は愛液でトロトロに濡れていて、むしろ自分から咥え込むようなイメージさえ感じた。

「おいおい、準備のほうは万全じゃないか！」

「だ、だってあんなに舐めてたら、いやでも興奮しちゃうから……あうっ、んんっ！」

俺はいったん最奥まで挿入すると、そこからゆっくりピストンし始める。

動くための潤滑液は十分で、膣内も次第に解《ほぐ》れていった。

「くっ、だんだん締めつけがよくなってくるな」

この数ヶ月で、カイラとは両手両足の指を合わせても足りないくらいセックスしている。

処女だった彼女の体はもう、すっかり俺のものに適応して変わっているんだ。

それを実感して、余計に興奮が煽られてしまう。

自然と腰を動かす速度も速くなり、部屋が熱気に包まれていく。

「あうっ、ひゃうううぅぅっ！　そんなに激しくしないでっ！」

「どうしてだ？　カイラだって良くなってるだろう？」

肉棒でかき回す度に、膣内はヒクヒクと震えている。

愛液もたっぷり溢れさせて、まるで嬉し涙を流しているようだ。

全身も火照っていて、興奮していることは一目瞭然。

このまま続ければ、そう遠くないうちに彼女を絶頂まで押し上げることが出来る。

「こんなに気持ちいいのっ、ひとりじゃ耐えきれないのよっ！」

息を荒くしながら俺に目を向けるカイラ。

どうやら少し性急だったらしい。

「そうだな、じゃあイライザとユリンにも協力してもらうか」

確かにカイラの言うとおり、せっかく三人も相手がいるんだ。

全員で楽しまなければ損というものだろう。

俺は肉棒を引き抜くと、今度はユリンにそれを向ける。

「おっ、次はボクの番かな？」

「ああ、そうだ。そのまま大人しくしてろよ」

こちらも片手でお尻を押さえると、下着をズラして挿入していく。

「あくっ！　はっ、ふぅっ……硬くておっきいの、中に入ってくる……んぁっ！」

「ユリンもカイラに負けないくらい濡れてるな。それに、締めつけもバッチリだ」

俺は一気に最奥まで肉棒を突き込み、そのままピストンにつなげる。

リズムよく腰を打ちつけると、それに合わせてユリンの嬌声が上がった。

「はひっ、んきゅううぅぅっ！　はぁはぁっ、うううぅぅっ……やっぱり、指でされるより断然気持ちいいっ！」

「そりゃあよかった。俺もこっちのほうが好きだな！」

三人の中でも特に元気よく締めつけてくる秘部は、犯し甲斐がある。

挿入するときも引き抜くときも、こちらの興奮を煽るように肉ヒダが絡みついてくるほどだ。

「やぅ、あああぁっ……！　だめっ、どんどん気持ちよくなってくるっ！　こんなの、すぐイっちゃうよぉっ！」

激しいピストンに耐えきれず悲鳴を上げるユリン。

甘く蕩けた声は俺の頭の中にも入り込み、さらに欲望を刺激されてしまう。

「そう急ぐなよ。最後は三人いっしょに気持ちよくしてやるから」

そのまま最後まで犯しつくしたい気持ちになったものの、ぐっとこらえて最後のひとりのもとへ移動した。

「……ハチローさん」

イライザは俺が近づくと、お尻を突き出して誘惑してきた。

タイツ地の股間部分を自ら破り、秘部を見せつけている。

「はしたないとは分かっているのですが、もう我慢できないんですっ！」

見れば、秘部からは絶えず愛液が染み出ていた。

真横でカイラとユリンの喘ぎ声を聞いて、本能が刺激されてしまったんだろう。

「慌てなくてもしっかり犯してやるよ。ほら、いくぞっ！」

「はいっ、きてください……あっ、あああぁっ!!」

躊躇せず挿入すると、これまでのふたりよりずっと蕩けた膣内が俺を迎えた。

「ううっ、ひはっ……あうううぅぅっ！　奥から気持ちいいのが広がっていきますっ！」

「こっちだって突っ込んでるものが蕩けそうだ。こいつは凄い……くぅっ！」

締めつけはそれほど強くはないものの、代わりにピッタリとヒダが絡みついてくる。

腰を動かすたびにニュルニュルと刺激されて、癖になってしまいそうな快感だ。

その気持ちよさに思わず激しく腰を動かしても、肉壺はより気持ちよさを増していく。

「いいっ、気持ちいいですっ！　ハチローさんとのセックスがいちばん……ひぃっ、はううっ!!」

肉棒を奥まで挿入して、子宮口をグリグリと刺激してやる。

するとイライザの腰はビクビクと震えて、もっと責めてくれと言っているようだった。

「はぁ、はぁっ……ハチローさん、私はまだまだ続けられますよ？」

「ねぇ、ハチローくんっ！　ボクにももっとして！」

「ううっ……わたしのことも忘れてないでしょうね？」

三人それぞれに視線を向けられて、思わず笑みを浮かべてしまう。

「そんなに欲しいなら、もっとくれてやる。全員まとめてな！」

それから俺は使えるものをすべて使って、彼女たちを犯し始めた。

「あんっ、ひゃんっ！　ひぃっ、そんなに奥ばっかり突いちゃだめぇっ！」

「うぎゅううぅぅぅっ!?　はひっ、くぅっ！　ボクの中、指でぐちゃぐちゃにされてるっ！」

中央のカイラを犯しながら、両手でイライザとユリンを可愛がる。

「んっ、あひぃんっ！　そんなに強くお尻を揉まれると、痕が残ってしまいます……くぅっ！」

ユリンがダウンすればイライザを犯しながらカイラを攻め、今度はイライザがイキそうになると
その逆を行った。

それぞれ均等に性感が高まるように調節していくと、やがては横並びに絶頂を求めるようになる。

目の前の三人はもう限界で、秘部からダラダラと愛液をたらしながら熱い視線を向けてきた。

「はぁっ、はふぅっ！　ハチロー！　きてっ、あなたの子種、わたしの中に注ぎ込んでっ!!」

「ハチローくんっ！　熱々の精子、ボクだって欲しいよ！　こっちにもたくさん中出ししてぇっ！」

「んくっ、はぁあっ！　ダメですっ、私も我慢がっ……ハチローさんが欲しくて仕方ないですっ！」

興奮が最高潮に達する中、三人から同時に求められる。

もう、誰に出してどうこうと思考する余裕は残っていなかった。

「イクぞっ！　全員、満たしてやるっ！」

息を荒げながら、同じように興奮で全身を火照らせている三人に腰を打ちつける。

カイラも、ユリンも、イライザも、快感のまま俺の肉棒で喘いでいた。

そして、いよいよ抑えきれなくなった興奮によって絶頂する。

「イクイクイクッ……あぁぁあぁぁあっ!!　ダメっ、溶けちゃううううぅぅぅっ!!」

「ひぃ、はぁっ……ボクもっ……あぁぁぁっ！　イクッ、イクうううぅぅぅっ!!」

「ハチローさんにっ、あうぅぅっ！　イキますっ、犯されてっ……あああぁぁぁあっ!!」

彼女たちがイクのに合わせて、俺も欲望を開放した。

肉棒からドクドクと白濁液が吹き上がり、それぞれの膣内を犯していく。

「ひぃっ、はぁっ……な、中までぇ、子宮までハチローに犯されちゃってるぅ……」

限界を迎えたのか、カイラが体を支えきれずにベッドへ突っ伏す。

両側のふたりも、それに続いて脱力してしまった。

息を荒げながら体を絶頂の余韻でヒクヒクと震わせているのを見ると、心地いい満足感が味わえた。

俺自身も疲労を感じていたので、ベッドに腰を下ろしつつ彼女たちを見つめる。

「突然異世界に召喚されて、戦争に巻き込まれたときはどうしたものかと思ったが……」

こうして天国のような時間を味わうと、そう悪いものでもなかったように思えるから不思議だ。

「まあ、まだ後始末が残ってる。それまでは付き合ってやるか」

それに、まだ夜が明けるまでは十分すぎるほど時間がある。

そう考えた俺は、ひとまず飲み物でも取ってこようとベッドから起き上がるのだった。

エピローグ　魔王城でのこれから

人類軍が撤退してから二ヶ月が経つ。あれからも魔王軍の一員として俺の仕事は続いた。

いや、むしろ戦いが終わってから、より忙しくなったと言っていい。

幸いにも城壁や防御施設が充実していたおかげで、全体における死者の数は少なかった。

しかし、その代わり負傷者はかなりの数に上った。

これに加えて人類軍への食料や医療品の提供まで行ったので、魔王城の物資はカツカツだ。

ワイバーンたちに急いで必要なものを運んでもらわなければ、補給体制が崩壊していただろう。

ともあれ、各方面の協力もあってなんとかこの問題は片付いた。

もう一つの問題は、人類軍との正式な停戦協定だ。

これについては、双方の拠点の中間地点に屋敷を用意して会談することとなった。

向こうからは人類軍の総司令官に、連合の代表者としてやってきた大使たち。

そして、ユリンも一応は人類側として出席していた。

こちらはカイラと古参の将軍、そして同じく古参の大臣によって行われることに。

魔王軍の人的資源は払底《ふってい》しており、人類連合も二度目の魔王討伐軍を組織する余裕は今はない。

よって、会談の行われている屋敷を起点として、正規の停戦ラインが引かれることとなった。

最終防衛ダンジョンよりももう少し前線が下がったため、以前より領土が五分の一以下になったものの、魔族の生存圏は守られたのだ。

しかし幸か不幸か、人類軍の進軍によって激減した人口ならば今の領土でも十分に賄える。

双方が、これ以上戦争を続ければ泥沼化した地獄になってしまうと理解したからこその停戦だ。

停戦ラインが決まると、それからは戦火に焼かれた町の復興になる。

特にユリンは、人類軍と魔王軍の戦いに巻き込まれて焼かれた町や村に胸を痛めているようだ。

自ら主導して復興を支援するつもりらしい。

その対象には魔族の村も入っており、カイラの判断でそれに協力することになった。

人類と魔族、双方の支援が勇者のもとに集まって、傷ついた人々を救う。

人類側としても面目が立ち、停戦の象徴としてはこれ以上のものはないだろう。

さて、これで停戦後の大まかな後片付けは終わったのだが……。

「作戦の確認だ。初手はトロール部隊の投石攻撃。続いてゴブリン弓兵が三斉射し、足並みが止まったところで魔法攻撃をぶつける。よし、やれ！」

俺の号令と共に、魔族兵たちが動き出す。城壁から見下ろすと、眼下には数千ほどの軍勢があった。人類軍の指揮下から離脱した義勇軍が、しばしば魔王城へ独自に攻撃をしかけてくるのだ。

とはいっても、万にも届かぬ軍勢では城門を破ることもできない。

数少ない攻城兵器は投石で破壊され、続く連続射撃で義勇軍の攻撃は完全にとん挫した。

後はオークの重装部隊が敵を追い散らし、ケンタウロスの騎兵隊が追撃をかけるだけだ。

悲鳴を上げながらわらわらと逃げ去っていく義勇軍を見ながら、俺は嘆息する。

「魔族憎しで人類軍に参加した兵士たちか……。これからも頭を悩まされることになりそうだ」

連合軍という枠組みがなくなったことで、義勇軍が反魔族勢力の受け皿となったようだ。皮肉にも停戦してからは規模を拡大させていて、各国から秘密裏に支援を受けているという話もある。

義勇軍の撃退は、本来ならきちんとした魔族の指揮官の仕事だ。けれど今はどこも手一杯。

魔王城に熟知しているということもあって、俺が臨時の防衛指揮官になっていた。

おかげで契約どおり城を守り通したのに、まだ元の世界には帰れていない。

「まあ、ここでの暮らしも悪くはないけどな。もう、人間だからと嫌味を言われることもないし、それどころか難攻不落の要塞を作ったと尊敬してくれている」

ただの趣味で調べていた知識がここまで役に立って、多くの魔族を救ったのは誇らしい。

それに引き換え、元の世界に戻ればまた、ただの学生になってしまう。

現代日本よりは多少不便だけれど、ここでの暮らしが悪くないというのはそういうことだ。

「義勇軍は蹴散らしたし、今日はもう……おっ？」

見れば遠くから、何台もの馬車が連なってこちらへ向かってきている。

目を凝らしてみると、先頭にいるのはユリンだった。俺は城壁から下に降りて彼女を出迎える。

「勇者ユリン、魔王城になにか用かな？」

「なんだよ水臭い！　復興支援で近くの村に寄ったらか、ハチローくんやカイラの顔を見に来たんだよ！　……後はまあ、物資の補給もさせてもらえると嬉しいかなって」

「そんなことだろうと思った。俺から城の事務方に伝えておく」

「本当!? ありがとう！ やっぱり頼りになるねっ！」

ユリンは満面の笑みを浮かべると、俺に抱きついてキスしてくる。

「ん、ちゅっ……あとでもっとお礼するね？」

「ああ、分かったよ」

それから俺は、ユリンを連れて城内に向かった。魔王の執務室に入ると、そこではカイラが書類仕事をしている真っ最中だ。傍らにはいつもどおり、イライザが控えている。

「魔王陛下。襲撃してきた義勇軍の撃退、完了したぞ」

声をかけると、彼女は顔を上げてほほ笑んだ。

「ご苦労様ハチロー。それにユリンもよく来たわね、復興は上手くいってる？」

「ようやく一ヶ所目の村の復興が終わったところだよ。壊すのはあっという間だったのに、作り直すのは本当に大変だね」

彼女は人類軍としての進軍の最中に、町や村、それにダンジョンなどを占領するのを見てきた。

だからか、少し悲しそうな表情でそう語る。

「カイラが城壁を作ったみたいに、パパっと建築できればいいんだけど……」

「こいつの場合は特殊だからな。能力を発揮できるのはこの魔王城だけだ」

どこでも要塞を作りあげられる能力があったら、さすがにチート過ぎる。

「まあいいわ、今夜はあなたや部下たちも、城内に泊まれるように手配しておくわ」

「ありがとうっ！　ここのところ野宿ばかりで疲れてたから、ベッドで寝られるのは嬉しいなぁ」

ユリンはにこやかにそう言いつつ、こっそり俺の服の袖を引っ張る。

横を向くと、ユリンが少し顔を赤らめて見上げてきた。

「ん？　なんだ？」

「あのさ、久しぶりに今夜はハチローくんの部屋に行ってもいいかな？　ね、お礼もしたいしさ」

「ほう、なるほど……」

腕に押しつけられる膨らみを感じて、欲望が湧き起こる。

けれど、それが露《あらわ》になる前にカイラが立ち上がった。

「ちょっと、わたしの目の前で何をしているの!?」

「なにって、ハチローくんに夜のお誘いをしてたんだよ」

「なっ!?　わ、私に断りもなく！」

悪びれもせずに言うユリンに対して、カイラは顔を赤くする。

「なんだ、気に入らないならカイラも一緒に来るか？」

「えっ、ちょっと、なんでそうなるの!?」

訳が分からない、とばかりに今度は俺のほうを見るカイラ。

「そりゃあ人数は多いほうが楽しいからな。嫌ならユリンとふたりで楽しむことになるが……」

「うぐっ……分かったわよ。わたしも行くから、ふたりで先に始めないでよねっ！」

「はいはい、分かったよ」

そう言って睨んでくるカイラを見て、隣にいるユリンはクスクスと笑っていた。

その日の夜、俺とユリンは一足先にベッドで横になっていた。

彼女は俺の右隣にいて、久しぶりに風呂に入ったという肌はしっとりしている。

「ふぅ、お風呂気持ちよかったなぁ。でも、余計に体が火照ってきちゃったかも」

彼女はそう言いながら俺の腕に手を絡める。

薄い寝間着越しに柔らかい胸まで押しつけられて、こっちもムラムラしてきた。

「カイラが来る前に始めると、怒られるぞ」

「分かってるけど、我慢できなくなっちゃうよ。ちょっとだけなら……いいでしょ？」

そう言うと、ユリンは手を動かして俺の股間に触れる。ゆっくりとした動きで指を使い、こちらを刺激してきた。竿に沿って動く指は、明確に男の興奮を煽っている。

「へえ、こんなエロいテクニックを、いつの間に学んだんだ？」

「支援した村に元娼婦の人がいて教わったんだよ。気持ちいい？」

「ああ、ちょっと予想以上だな、これは」

ユリンのものとは思えない的確な刺激に、肉棒が硬くなっていく。

「うわっ、もう大きくなってきた！　ううっ、やっぱり我慢できないっ！」

「あっ、おい！」

俺の反応に刺激されたのか、ユリンが起き上がって下着に手をかけようとする。

そのとき、もの凄い勢いで部屋の扉が開かれた。

「来たわよっ!! あっ、ちょっとユリン！ 遅いからもう少しで始めちゃうところだったよ」

「わっ、カイラ！ なにしてるの!?」

「むうぅぅ、待ってなさいと言ったのに……」

カイラは少し不満そうな顔をしつつも、そのまま部屋の中に入ってくる。

続いてイライザも入ってきて、そっと扉を閉めた。

カイラはすぐにベッドへ上がると、膝立ちになって俺とユリンを見下ろしてくる。

「ハチローはわたしの契約者なんだから、勝手に使わないでよね！」

「別にエッチするくらい、いいじゃない……」

「よくないの！」

間近で口論を聞いていると、さすがにうんざりしてしまう。

「あんまりうるさいと出ていってもらうぞ。その後でイライザとゆっくり楽しむことにする」

「……ハチローさん、私はあくまでカイラ様のおまけなのですが」

「そんなに綺麗なスタイルをしているのに、謙遜するとカイラたちも怒るぞ」

手招きすると、イライザもベッドまでやってくる。

「さあ、つまらない言い合いより気持ちいいことをしよう」

そう言って、まずは近くにいるふたりのお尻を軽く叩く。

「ほら、立ってその綺麗な体を見せてくれ」

「仕方ないわね」

「ハチローくんもやる気になってくれたみたいで、ボクは嬉しいな！」

カイラとユリン、そしてイライザもいっしょにその場で服を脱いでいく。

三人の染みひとつない肌が露になっていき、思わず息を飲んだ。

特にイライザは、普段は全身を覆うような衣装なので特にギャップがある。

「ほほお、こいつは凄い」

左から順番にカイラ、ユリン、イライザの順番で並んだ三人。

靴下など邪魔にならないものはそのままで、胸元や秘部が隠すことなく晒されていた。

「これまで見てきた中でも最高の眺めだ」

思わず感想をこぼしながら、俺は手招きして三人を呼び寄せる。

そして、欲望のままに思う存分行為を始めた。


「んっ、ちゅぱっ！　ふふ……ハチローくん、気持ちいい？　ボクはとっても気持ちいいよっ！」

左右に魔族の主従を侍《はべ》らせながら、正面からはユリンにキスされている。

まさにおれだけのためのハーレムみたいだ。

「ああ、最高に興奮してるさ」

「ハチロー、もうこんなに大きくしてるものね」

「はい、私たちの手まで先走り汁でドロドロです」

カイラとイライザは左右から手を伸ばし、肉棒をしごいてくる。

力加減は絶妙で、これだけで射精してしまいそうなほど気持ちいい。

「このまま最後までするのはもったいないな。それに、三人もそろそろ欲しいだろう？」

もったいぶるように愛撫を続けて、もう三十分近くが経つ。

彼女たちも我慢できなくなっている頃合いだった。

「そりゃ欲しいよっ！」

案の定真っ先にユリンが反応して、俺は満足げに頷く。

「だろうな。それなら俺の言うとおりに、ベッドへ横になってもらうぞ」

それから俺は、三人をそれぞれ動かす。最初にベッドへ仰向けで横になったのはカイラだ。

彼女に覆いかぶさるようにユリンが四つん這いになり、イライザはその隣に腰を下ろして俺を見つめている。

「ふふ、いい眺めだ」

上下に重なったお尻に、三人の中でもいちばんの爆乳。

男の欲望を掻き立てる場所をそれぞれむき出しにした三人に、自然と興奮も高まっていった。

「イライザ、もっとこっちに寄れ」

「はい……んっ！」

近くに寄ってきた彼女へ遠慮なくキスする。

向こうも慣れたもので、即座にこちらに合わせて唇を絡めてきた。

「はむっ、ちゅる、はぁっ……」

「イライザの顔、トロトロになってて可愛いぞ」

「かっ、可愛いだなんて、やめてください。私はただご奉仕しているだけで……」

「こんなに乳首を勃起させてるくせに、なにクールぶってるんだ。たっぷり可愛がってやるからな」

「あっ！　やっ、んくぅ……っ！」

片手で爆乳を鷲掴みにしながら、もっとキスしてやる。

イライザの顔がよりエロくなっていくのを間近で見ながら、いよいよ肉棒をふたりに向けた。

「はぁはぁ……く、くるっ……」

「ハチローくん、もう我慢できないよっ！　早く入れてっ！」

「そう慌てるな。……そら、いくぞ！」

両手を使って、しっかりとふたりの体を押さえる。そしてまずはユリンへと挿入した。

「あひっ、きゃんっ！　すごいっ、一気に奥まできたよぉっ！」

「やっぱり奥までドロドロじゃないか。相当に期待してたんだなっ！」

遠慮なく膣奥まで突き込み、そのまま腰を振る。

パンパンと肉のぶつかる音が響き、肉棒にかき出された愛液がシーツまで滴った。

「あぅ、気持ちいいよぉっ！　ねえ、もっとしてっ！」

ユリンは思いっきり嬌声を上げながら、さらに快感を求めてくる。

その様子を間近で下から見上げていたカイラは、顔を真っ赤にしていた。

「ユリン、あなたそんなに……」

「うん、気持ちいいっ！　カイラも一緒に気持ちよくなろう？」

「ああ、もちろんカイラだって一緒にしてやる」

俺はユリンの中から肉棒を引き抜き、そのままカイラへ挿入した。

「んぎゅっ!?　ズルって、奥まで……きゃふっ！」

カイラの膣内も、ユリンに負けず劣らず濡れていた。

肉棒はスルスルと奥まで飲み込まれ、膣内が健気にも締めつけてくる感触を味わう。

「うおっ、こっちも熱いな。中も煮詰まったみたいに蕩けてる」

「わざわざ言わなくてもいいのにっ……はうっ、はぐぅぅっ！」

俺はしっかり彼女の腰を捕まえて、思い切り腰を動かした。

一突きごとに子宮口を押し上げると、それに合わせてカイラの口から嬌声が漏れる。

「あうっ、んうぅぅっ！　こんな体勢でっ……ひいぃぃんっ！」

「はぁはぁっ……カイラ、すごいエッチな顔してるっ！　はうっ、んんっ！　ボクもっ、いつもより気持ちいいかも……あんっ！」

「ふたりとも、中がいい締りで気持ちいいぞ……うっ、イライザも……」

彼女たちを交互に犯して贅沢に女体を楽しんでいると、左隣に陣取ったイライザが愛撫してくる。

爆乳で腕を挟むようにしながら、首や耳元にエロいキスをされると背筋がゾクゾクした。

「あむ……ん、れろぉ……私のご奉仕、ご満足いただけているようでなによりです」

そう言って笑みを浮かべながらも、まったく奉仕の手を抜かないのが彼女らしい。

「はぁっ……ハチロー、もっと動きなさいよぉ……そんなんじゃ、わたしをイかせられないわよ？」

「ボクも欲しいなぁ……パンパンって腰、打ちつけてっ！　最後にはまたハチローくんの精子、たくさん種付けしてねっ！」

ふたりからも興奮した表情で求められて、より欲望がたぎっていく。

「そう言ったこと、後悔するくらい可愛がってやるよ」

俺は彼女たちの腰を手前に引くと、より激しく犯し始めた。腰を動かす度にいやらしい音が鳴り、興奮が高まっていく。俺も美女たちも興奮で汗だくで、限界はすぐそばまで迫っていた。

「くっ……いくぞ、このまま出すからなっ！」

そう言うと、カイラとユリンが意図的に膣内を締めつけてくる。

「ひうっ、んぁっ！　そのままっ、中にきてっ！　ハチローの、全部わたしが欲しいのっ！」

「だめだよ、ハチローくんはボクにだって……んひゃあぁぁっ！　イクッ、ボクもイっちゃうっ！」

ふたりを犯しながら横からも愛撫され、我慢の限界だった。

最後に上からユリンのお尻を押さえ、ふたりの秘部を重ねるようにしながら射精する。

「ひゃっ!?　中にハチローくんのがっ！　ボクも一緒にイクからぁっ！　んぐっ、あひぃいぃっ!!」

「熱いっ、こんなにっ……あぁ、だめっ！　くるっ、わたしも……イクッ、くうぅぅううっ!!」

中出しと同時に絶頂するふたり。全身が歓喜に震え、表情はこれ以上なく蕩け切っていた。

俺はそんな彼女たちに煽られるように、最後の一滴まで吐き出していく。

ようやく絶頂が治まったころには、俺たち三人はすっかりヘトヘトになっていた。

ベッドへ腰を下ろすと、イライザがコップに入った水を差しだしてくれる。

「ありがとう、助かる」

「いえ。それより、ハチローさんはこれからどうなさるのですか？」

その質問は、俺の今後についてだろうとすぐに分かる。

「そうだな。元の世界に帰るつもりだったけど、こっちでの生活も悪くないと思えてきた。それに、カイラはまだまだ危なっかしいところもあるしな」

カイラのほうを見ると疲れ果てている様子で、ユリンといっしょに寝息を立ててしまっている。

「ハチローさんには多大な御恩がありますし、我々には元の世界へお送りする責任もあります。しかし、これからもカイラ様を支えて下さるなら、それ以上の喜びはありません」

イライザはそう言うと、俺から離れてカイラたちに毛布を掛ける。

俺はその様子を見ながら、小さくつぶやいた。

「まあ、もう少し手を貸してやるのもいいか。それに、この魔王城はまだまだ改良できる。ここまできたら、いずれはこの城を、歴史に名が残るような名城に仕立ててやろうじゃないか」

俺がそう意気込むと、イライザも優しく微笑んでくれた。

まだまだ、決して油断のならない状況だ。城作りとして出来ることはたくさんあるだろう。

その仕事の楽しみと、カイラたちとの幸福な生活。それが続く限り、俺にはもう迷いはない。

こうして俺の異世界での暮らしは、それからもしばらくは続いていくのだった。

あとがき

こんにちは、成田ハーレム王と申します。

今回もありがたいことに、キングノベルス様から本を出させていただきます。『オンボロ魔王城を難攻不落の要塞に改造した結果、最強チートのハーレムができました』というタイトルで、相変わらず長いです。

ほとんどタイトルで内容の説明はされているような気もしますが、一応より詳しいお話をさせていただこうと思います。本作の主人公は日本から異世界へ召喚された青年・葛城八郎です。そして彼を召喚したのが、このストーリーのヒロインにして魔王のカイラ。先代魔王が病気で急死し、新しく即位してからまだ時間の経っていない新人魔王です。

カイラはそれまで甘やかされて育ったワガママお嬢様でしたが、新魔王になったことをきっかけに魔族を率いていく責任を自覚します。彼女をサポートし、危機に瀕している魔族たちを救うというのが基本的なストーリーになります。参謀ポジションの主人公というのは以前にも書かせていただいたことがありますが、今回はあちらより少しのんびりした雰囲気になっているかなと思います。

その分エッチシーンもたくさんありますよ！


さて、ではそれぞれヒロインを簡単に紹介させていただきます。

まずは、新人魔王のカイラです。普段は強気なお嬢様を装おうとしていますが、実際は魔王と言う地位のプレッシャーを感じて臆病になっている少女です。

続いてカイラを補佐する親衛隊長のイライザ。鋭い目つきの武人系お姉さんです。彼女は先代魔王の時代からの臣下ですがカイラに忠誠を誓い、忠誠を捧げている功臣です。

最後に、人類軍の希望である女勇者ユリン。明るく活発で、頼りがいのある少女です。勇者として魔王討伐による平和を掲げ、主人公たちの前に立ちはだかります。

読んでいただいて、お気に入りのヒロインを見つけていただけたなら嬉しいです。


次に謝辞へ移らせていただきます。

担当の編集様。執筆のときにはプロット段階から指摘やご協力をいただいて、完成するまでに多くのお力を貸していただきました。ありがとうございます。

そして、イラストを担当してくださった「能都くるみ」様。ヒロインたちの可愛らしくてエッチなイラストを数多く描き下ろしていただきました。どれもイメージにピッタリで、本当にありがとうございます！

そして最後に読者の皆様。今回新たに本を出させていただくことになりましたのも、皆様の応援の賜物です。これからも精進し、より良い作品を出していければと思っております。

それでは最後に改めまして。本書を手に取っていただいてありがとうございました！

二〇一九年九月　成田ハーレム王

KiNG novels

キングノベルス

オンボロ魔《ま》王城《おうじょう》を難攻《なんこう》不《ふ》落《らく》の要塞《ようさい》に改造《かいぞう》した結果《けっか》、最強《さいきょう》チートのハーレムができました

2019年 11月 29日　初版第１刷 発行

■著　　者　　成田ハーレム王
■イラスト　　能都くるみ

発行人：久保田裕
発行元：株式会社パラダイム
〒166-0011
東京都杉並区梅里2-40-19
ワールドビル202
TEL 03-5306-6921

印 刷 所：中央精版印刷株式会社

本書の内容を無断で複製・複写・放送・データ配信などをすることは、
かたくお断りいたします。
落丁・乱丁はお取り替えいたします。
定価はカバーに表示してあります。
©Narita HaremKing ©Kurumi Noto
Printed in Japan 2019

KN072

KiNG novels
ほらね、一緒にずっと♥
楽しんじゃえば、
幸せなんだよ♥
成り上がりを望まない
転生貴族は異世界で
自由に生きる
愛内なの
Nano Aiuchi
illust:ひなづか涼
追放されたと思ったけれど、あまりに理想的だった島暮らしを気に入って、満喫し始めた転生貴族リベルト。エッチなことが推奨されるこの島は、誘惑だらけの生活で!?